仓央嘉措情歌集

中华国学经典精粹

[清] 仓央嘉措 著
张洁 评注

北京联合出版公司
Beijing United Publishing Co.,Ltd.

图书在版编目（CIP）数据

仓央嘉措情歌集 /（清）仓央嘉措著；张洁评注 .
—北京：北京联合出版公司，2016.9（2022.8 重印）
（中华国学经典精粹）
ISBN 978-7-5502-8765-5

Ⅰ . ①仓… Ⅱ . ①仓… ②张… Ⅲ . ①古典诗歌—诗集—中国—清代 Ⅳ . ① I222.749

中国版本图书馆 CIP 数据核字（2016）第 238779 号

仓央嘉措情歌集

作　　者：仓央嘉措
责任编辑：李　征
封面设计：颜　森

北京联合出版公司出版
（北京市西城区德外大街 83 号楼 9 层　100088）
北京华夏墨香文化传媒有限公司发行
三河市东兴印刷有限公司印刷　新华书店经销
字数 130 千字　880 毫米 ×1230 毫米　1/32　5 印张
2019 年 5 月第 3 版　2022 年 8 月第 7 次印刷
ISBN 978-7-5502-8765-5
定价：36.00 元

前言

他从隐藏在莽莽雪原中的世外桃源门隅走来，一路懵懵懂懂来到圣城拉萨。他说在布达拉宫，自己是最大的王；在雪域高原上，自己是最美的情郎。他在佛门向往尘世烟火中的生命跃动，他在尘世深情里践行宗教慈悲。他是红尘凡俗中最美的一朵莲花，他是六世达赖喇嘛仓央嘉措。

仓央嘉措一生起起落落，身份随时在转变，而这一切都不是他自由选择的结果。他在清风明媚、杜鹃花开的小小门隅度过了最初的童真岁月，也经历了最初的情感冲击，正常的人生，应该是与心上人过普通农牧民的日子，养几个儿女，在酥油茶和糌粑的味道里，完成一生美妙的烟火岁月。然而，仓央嘉措没有机会领受这样的“幸运”，他最终被选为五世达赖喇嘛的转世灵童，走入经院，开始青灯古佛常伴的生活。然而，童年岁月塑造的自由思想已经浸入他的灵魂，他不甘心过心如槁木的宗教生活。于是他偷偷地于八廓街，与美妙的女子幽会，写出一首首美丽的情歌：“为着温柔美丽的情人，踌躇着是否该进山修行。人世间可有两全之策，让我兼顾佛缘与情缘。”“洁白的圆月出东山，缓上天顶多明亮。我被月光照亮的心房，映现出玛吉阿米的模样。”“鸟雀爱柳翠青青，柳爱鸟身轻盈。我俩心意两相映，何惧鹞鹰坏此情。”缠绵悱恻，意味深长。

仓央嘉措通过这凡尘的烟火来消解自己在佛门的孤寂与寂寞——这是身体和灵魂被束缚、无人可解的寂寞。一个本来想要糖的孩子，可命运给了他很多莲子，诗就从这“富贵”的苦中发出来。在这矛盾中，心灵的笑是诗，哭是诗，处处都透着诗。仓央嘉措的诗便是如此迸发，当然，他的诗歌题材，也不仅仅都是情歌，还有很多歌颂佛教的内容，可见，无论选择什么，都会在灵魂上烙下印记。

仓央嘉措的足迹最终消逝于青海湖边，有人说他遇害了，有人说他病逝了，也有人说他逃遁后真正皈依佛教，在民间传法度人……无论哪种说法，都成了历史云烟，如今，仅有他的诗歌集在诉说着他那传奇的一生。

本书对仓央嘉措诗歌进行了重新翻译，并进一步解读，以飨读者。由于编者水平有限，如有不当之处，恳请方家指正。

目录

其一

佛前美丽的哈罗花，
你若是我前世的情人，
我愿化身金蜂，
随你常伴佛堂。

有一种爱叫不离不弃，有一种爱叫生死相依。有一个你，若被现实吞没，有一个我也将瞬间隐遁。我就是这样，靠着一种信念，穿梭在世间，心无旁骛。这种信念，无关得失，不谈生死。这世间的天空，自然会记载我们的历史，我的意愿只在演绎一颗真心。

我是一只普通的蜜蜂，在无意间学会了躲避孟婆汤的药性，所以生生世世轮回里的记忆都在我灵魂深处。也许，没人相信，穿越了时空，换了皮囊，我的述说成了荒诞的宣言，灵魂的色泽却从没有改变过。有人说，回忆是抓不到的月光，握紧就不会黑暗，而你的美丽却从没在手心消失。

你可知道，我也曾远观了你的生生世世，就在那一个轮回里，你丢失了所有，却把一颗真心紧握，努力地伸长指尖，去触摸那个英俊的少年，泪水汩汩地从你明眸里流出，顺着你的脸颊冲刷你的香腮，然后倾倒下去，而你们的距离被拉得越来越远，你含恨放弃了生的信念，在那个明媚的天气里，泣血而终。后来，你又踉踉跄跄地在各个轮回里行走，每一生都是情到真处情难绝。我被你的真情打动，所以又一次追随你来到了这里。决定伴你一生，让善良痴情的你，不再为爱受苦。

没想到，后来，你转世成了哈罗花，佛堂祭品的命运成了无法摆脱的宿命。没了往昔恋情的纠缠，可也无法感知我的目光。我知道，你真的太累了，选择了这样一种逃避的方法。可是，我的追随，又该何去何从？于是，我来到了拿你去做祭品的人类身边，用我的方式，宣布了我们的命运。你已远离，我在远处又有什么意义？我选择，和你共赴高堂做了曼遮。“哈罗花如果拿去做供品的话，把我这年轻的蜂儿，也带到佛堂里去吧”是我前生的誓言，不知是否曾在你心里留下痕迹。

其实，我是否曾在你的心湖激起涟漪，亦不是我追问的事情，有也好，没有也罢，我只想让你知道我永远守在你的今生里。天地运转，生生不息，我和你又来到了新的人生里，你一如往昔，窈窕淑女之风，款款而散；我修成了男儿身，再一次追随你，而世事的纠缠永无止息。我尽我最大的努力来保护你，却仍无法让你远离伤害。

今日的你，好像略带往日的幽怨，已经没有力气做太多的挣扎，你试图逃离，不动声色地逃出尘世的反反复复。我在你的身边，你很少说话，只是，说了句希望我过得好，把我的温情淡化，淡到你的心里不会再起涟漪。可我知道，你努力得来的平静是多么易碎，你紧皱的眉头将你的心事泄露无余。我不知道怎样才好，没有埋怨，也不乞求你不要远去，只想托清风捎给你我的心情：你若决定逃开去修法，我也一定跟你去到山里，从此绝离红尘。

很多人，读到仓央嘉措这首诗时，会自然地想起源远流长的比兴手法，这样的理解也有道理。可是，诗人，特别是像他这样纯真得像个孩子的诗人，一般不会刻意雕琢自己的感情。所以，这里采用了一种新的解读方式。一样质朴的情感，一样至死不渝的信念，加上无怨无悔的决绝。我们索性让诗人痴情到底，不去找出口，在至真的境域里，只为一个情字绽放青春。

如果，人生真有轮回，我们愿意这样理解仓央嘉措的心情，再多的努力都是徒然，我们该怎样守护爱情；面对命运时，我们该怎样做才不算苛求。又该向谁言说，能够生生世世里有你，已经是种莫大的运气。

其二

为着温柔美丽的情人，
踌躇着是否该进山修行。
人世间可有两全之策，
让我兼顾佛缘与情缘。

自古以来，凡虔心向佛之人必定了却凡人七情六欲，但我却是一个例外。我并非看破红尘而空遁佛门，我是转世灵童，这不是我自己的本意和选择。我烧香拜佛，修身养性，与其说是一种责任，不如说是一种习惯，一种近于麻木的习惯。身披袈裟的我有一颗凡尘之心，这颗心还没有看透人间悲欢离合，四大皆空虽说只是佛经教义当中平凡的四个字，然而尚未涉及尘世的我又怎能深刻体会四大皆空的真谛？

前世之缘尘埃落定时，有幸佛选择了我，于是我虔心修行，遁入佛门。我没有选择，上天已为我安排了我的路途，管它遥远，管它布满荆棘，我只管一步一步向前。只是，为何上天又让我遇见你，那一日诵经殿上你温柔的倩影投射在我心上，于是从此，眼前是佛，心中是你。天明、日落，盼你念你，等你出现。于是从此，我终日惶惶不安，徘徊在殿前，我不知道是在等你出现，还是害怕我左心房中萦绕着的你银铃般的笑声会惊扰右心房修行的佛祖。佛殿中，多少双眼睛在注视我修行，我是他们心中的王，他们的领袖；可我心里，多少次转向你顶礼膜拜，你是我心中的女神，我的主宰。

那日人群中，在不经意转身的清秀小巷，你的眼，你的脸，你的手，你的心，在我身边，在我眼角，在我眉间，从此管它月朗星稀，管它狂风骤雨，轻轻拥你在怀中，比翼双飞，漫步云端。想爱，想住进你心里，和你相偎相依，却害怕爱你的执着最终抵不过世间的指责；想爱，却害怕最后还是不得已离去，留给你更大的伤害。以前，我在佛身边修身积德，盼轮回转世，想参经悟道；如今你在我左右，看你眉头微蹙，听你唇间低语。只羡鸳鸯不羡仙。我并非想成仙，只是人间有多少爱恋能够远离世人目光，我想擦掉前世佛缘，就像拭去佛堂上的微尘，却擦不掉这些年沉浮在心中的记忆。佛曾在我心中，在我眼中，我怎能了却此意，安心地随你而去？每当夜深人静，伫立窗前，当空皓月仿佛在责难我，向佛的心怎能陷入凡尘，修身之志本应心无旁骛啊！但是我将一颗心割裂成两个，一颗心里装着你，一颗心里念着佛；一颗渴望斩断命运的束缚，一颗渴望挣脱凡尘的枷锁。

也许我应该剪断佛缘，剪断了我便不需在菩提树下虚伪地打坐，便不需在万人面前强装顿悟，我将与心爱的姑娘双宿双栖，男耕女织、田园牧歌、自由自在、举案齐眉，远离这喧闹的寂寞。也许，我本不该与你相识，那样我的心还是完整的吧？它完全地，至少在很多人看来，完全地伴随在佛的左右。可是，佛猜得出开始却猜不出结局，佛选择了我的前世今生，却忽略了你是我的宿命。我的心里，早建成一个佛堂，而你就像一场春雨，“随风潜入夜，润物细无声”一般滋润着我干枯的心；你又像一颗种子，不知何时悄悄落在我的心田，等心的土壤变得温柔，这颗种子便生了根，发了芽，渐成参天之势。只可惜你不是荫蔽佛堂的菩提而是一株罂粟，而我沉醉在罂粟花香之中，目送佛堂的香烟随着轻风越飘越远。多少个难眠的未央之夜，徘徊在修行和爱情之间。世上本无双全事，怎能安我两面心？

在布达拉宫的金殿之上端坐，仓央嘉措注定无法成为一个平凡的少年，而这代价却是要受到心灵的痛苦煎熬，身披佛衣怎么追求纯美的真爱？在这矛盾中，心头情事却变成愁事。

其三

我对你日思夜想，
你却趁夜偷会情郎。
鬓发间的松石知晓一切秘密，
可它口不能言只能缄默。

一切都是令人烦躁的原因，枯燥的经文，没日没夜转动的经筒。太阳沉下了山，暗暗的天色渐渐压向了大地。从这里看去，山下微弱的灯光透出疲惫的模样。那里曾是我流连的地方，可今夜我却为何如此不忍看它。

我手中握着你头髻上的松石，整整一天。我始终不愿相信，那样美好的你，竟会背叛我的信赖。昨日的耳鬓厮磨是假？昨日的千般恩爱是假？昨日的万般缠绵是假？昨日的铮铮誓言，也是假？

沿着回旋的走廊前行，我漫无目的。那日篝火边的快意言欢还生生在我眼前，今日竟只剩这幽暗空荡的佛堂里，我一人独自百结愁肠……这竟是，梦一场？我抬头望向佛。你大慈悲，你遣我来爱这世人，却为何容不得我爱一个女子？每一次我走向的真实人生莫不都是你刻意的捉弄。这人世还有什么值得我付出真心去信赖？

下雪了吧，每次下雪总在不经意的时候，这雪不知下了多久，这人世的一切，不论美丑，都被它淹没了，只是淹没不了我心中的执火。佛说放下得大自在，可我放不下，这手中的松石已被我焐得火热，那便是我的火，对你剪不断的相思。

也许我只是多想？也许你只是琐事缠身不得空？也许你只是思念故乡暂时返家？也许，也许你遇到了恶人……也许只是这场雪阻了你的行程？

我始终不愿相信，那样美好的你会背叛我的信赖。

可谁又能保证？

时间可以磨掉最精美的壁画，时间可以拆毁最坚固的堡垒，时间自然也可能消灭你和我的爱情！是的，就算你背叛了我，现在在他人的怀里，那又如何，这手中的松石也不过寂寂不会出声的东西，不会告诉我实情。

我低头看看掌间的松石，被雪光衬得发亮，像你看我时的眼。

仓央嘉措困在布达拉宫里。布达拉宫里出过英雄，住过首领，可这里也有爱情。不是吗？当年松赞干布为迎娶文成公主，在山上修建了九层宫殿，足有千间。这里曾经是松赞干布与文成公主相爱相守的家，如今他们被供奉在这里，俯看众生。后来，历代达赖在它原有的基础上进行了扩修，终成今日之势。这座宫殿历史悠久，结构华丽，它收藏了无数的瑰宝，集合了无数人的智慧，可它从一开始就不是寺院，一直就不是，却以佛的名义困住了仓央嘉措，困住了他澎湃的情感和热烈的人生。他的人生悲怆，住在这金顶的“牢”中，看着莲花祖师慈悲面目——你有两个妻，为什么我却注定失去爱人？

布拉达宫的金顶静静地伫立，见证这里时光磨砺下的人世变幻，不论是情痴情苦，它都默然不语，等着某一天你的顿悟。

其四

压根儿没见最好，
也省得情思萦绕。
原来不熟也好，
就不会这般颠倒。

一次偶然的邂逅，让别后的日子变得这般难熬，才下眉头又上心头的思念像藤萝缠着我，你可知道有时候，思念的缠绵远远胜过一剑的刺痛，它涂抹着甜蜜和酸涩，看似远离残忍的疼痛，心却再无法轻松。有人说，“相濡以沫，不如相忘于江湖”，可是我怎么偏偏时时刻刻分分秒秒希求着能看到你的笑颜。心情像那六月的天气，说变就变，变来变去只因两目相视时你那嫣然一笑，淡淡的，如白云轻柔，载我到心的故乡。风流倜傥的东坡高唱着“此心安处是吾乡”潇洒行走人生，我低吟着诗人的潇洒却怎么也无法轻松，因为我无法跨越那一转身的距离，无法永远沉于你温柔的心海里。

我用尽力气努力挣扎，多想走出你设的相思局，却反而把自己困得更紧。才发现“转山转水转佛塔”，内心怎么也转不出无尽的情绪缠绕，细数的佛珠像个沙漏，计算着的却是与你别后的每一分钟。就这样，我慢慢下沉，下沉，一直沉到你的今生里。抬头间，在云彩里一次一次看到你的笑容，我舍不得闭上眼睛，笑着任泪流成河。等到疲惫时，我决定睡去，决定不再把一秒当成一天的印记，我不知怎么赎回我狂热的心，它却在闭上眼睛时飞到了你的身边。我问天问地问自己，如果不曾遇见你，是不是就省去了情思萦绕？我终于无计可施了，恨不得选择永眠于有你相伴的梦里。

让人牵念的玛吉阿米，你终究也不是铁石心肠的人啊。那天，清晨醒来，我下意识地在与你相遇的地方兜兜转转，怎么也无心离开，没想到却终于把你等来，就像我前世的修行一样，兜兜转转都是为了今生与你相遇。眼看着你又一次从梦里翩翩而至，身着蓝色的翠烟衫，步履轻盈，裙裾间露出醉人的飘逸，眉目转盼多情却含着朦胧，盈盈一笑，笑醉了春风。我站在原地，看着你一步步走近，我努力地镇定，想轻轻地问候一下，却是欲盖弥彰，让你看到了我全部的笨拙，让我的情愫在你面前凌乱得无法整理。你为了让我摆脱尴尬，淡淡地笑了一笑，便再不多言，安静得像一缕温柔的馨香，萦绕在我的四周。我笑着收回了痴态，用心感受着你的一切，你静静地站在我的身边，让我安心地停歇。

如果，那一刻，天崩地裂，世界再回到以前的混沌状态，能与如此脱俗的好女子相守片刻，我也会感到此生的满足，就像是受了洗礼，身和心都得到了升华。可是，一切都像往昔，世界并无大变，匆匆的相会又成了我神魂颠倒的源起。我分明不是一个贪心的人，却也变得贪心起来，就为你那盈盈一笑，我再也不想找路出逃。我的心彻底沦陷，没有了挣扎的力气，五月天里再也没了晴天，我成了一条涸辙里的鱼，被思念抽干了身体，神魂颠倒，奄奄一息。

从相遇到相熟，我历经了心里的起起伏伏，你却像莲花般淡淡地优雅绽放，萦绕不散的情绪仿佛只在我的心里，只将我俘虏。如果不曾遇见多好，我就不会情思缠绕；倘若不曾相熟多好，我也不会神魂颠倒。你可知道，“天不老，情难绝。心似双丝网，中有千千结”，我的日子被因你而起的情绪填满，我已无路可逃。

仓央嘉措的这首情诗，用最简单的语言表达了最复杂的情绪，正因有太多太多的话要对心上人说，所以他选择了最简单的语言，欲说还休的爱恋，却由表面的怨呈现出来。明明想说的是遇见你真好，却说“压根儿没遇见最好”，不是不想遇见，更不是后悔遇见，更多的是相遇又别离的伤感，无处可诉的思念，都在诗人心里萦绕，让他饱受思念之苦。都说世间最苦莫过于相思，可是，千回百折后的相熟又使相思心里加相思，不神魂颠倒就不是至情了。读了仓央嘉措的诗我们会明白“相思树底说相思，思郎恨郎郎不知”这句让人断肠的诗句，才明白仓央嘉措最纯真的感情世界里那一抹永远无法抹去的情思。

其五

曼妙的佳人笑意盈盈，
美丽的眼眸四处扫。
座上少年各个俊俏，

她只望着我红了脸蛋。

那天我在人群里见着他，少年才俊原是这样的风采。他轻轻地说话，淡淡地笑，没有了佛坛上的肃穆，多了份普通人的清逸。我看他在与旁人说笑，饮酒高歌好不潇洒。他的目光流转之处，总是引得姑娘们含羞带笑。看那些明眸皓齿的姑娘多么艳丽，只怪我太过平凡。我只管偷偷看他，也不伤大雅，他似乎在看向这里，我却急急低头，不知我那偷偷抬起的眼角，有没有泄露我满满的情意。

那天我在人群里见着她，年轻的姑娘总是这样可爱。她纵情地笑，尽情地闹，少了姑娘的矜持，却多了难得的开朗。我在与旁人说笑，饮酒高歌不忘瞧瞧四周那些迷人的姑娘。她们美丽的脸庞如此刻的月亮。她坐在人群中，篝火跃动的光影映在她的脸上有些别样的味道。我知道她正偷偷看我，那眼波流转如纳木错的碧波荡漾。她察觉我的眼光，急急低下头，总算是露出了娇羞的模样，可她那偷偷抬起的眼角泄露了她的秘密，因里头满满都是情人的味道。

情人初遇，淡淡一点情意眼波流转，如那空谷幽兰清丽，如那天籁绕梁余音动人。情人的一举一动都是心念的挂牵。绕着篝火，我们载歌载舞，那彼此间的倾慕如那喷薄的朝阳冲破最后一缕云雾，光明乍现。

那年的龙王潭，我在满座宾客中遇见你。你的嗓音甜美如天山的雪莲，性情温柔如最美的哈达。天下无价宝易得，知己者难求，而我与你定然是有那前世的缘分。只有我懂你的快乐，只有你解我的风情。

龙王潭位于布达拉山后，因扩建布达拉宫在此大量取土，后积水成潭。仓央嘉措遣人对这里进行了整治，并在岛中修建了一座阁楼供奉神明。仓央嘉措还经常在这里宴客，与宾客射箭饮酒，嬉戏歌舞。正是在这里，他结识了最后令他心碎的姑娘——来自琼结的达娃卓玛。仓央嘉措爱她胜过爱诸天神佛。他日日请她到龙王潭来，夜夜出宫跑去寻她，只有达娃卓玛才知他，懂他。他欢喜得不得了，认为那是神明的恩赐。

可最后，他还是心碎了。就是那样一个眼睛如黑葡萄酿出的美酒一样醉人的姑娘，渐渐地再也没有出现在他的龙王潭。他放不下，终究还是跑去寻她。可那紧锁的大门看起来如此冷酷无情。

她跟着父母回了琼结。

从此，别再提琼结。我知道那里有条河可以和雅鲁藏布江相汇，我知道那里青稞籽总是累累，我知道那里是无数圣贤智者最后的归地，我还知道那里的姑娘总是很美，那里有个姑娘曾让我日日心醉。

受情伤的仓央嘉措写了这样一首诗来表达自己的心境：

请莫再提琼结，
那会让我想起恋人达娃卓玛。
忘不了你的仙女颜容，
更难忘你迷人的双眸。

这首诗歌后来被藏民广为传唱，而达娃卓玛也成为藏民心中美人的代名词。

达娃卓玛是个温柔善良的人，她为什么离开了仓央嘉措我们不得而知，我们只知道她住在山南雪村的班久夏。我们只知道她温柔善良，歌声像流淌的清澈的泉水。我们只知道她在龙王潭与仓央嘉措相遇，我们只知道他们相知相爱，我们只知道是她让仓央嘉措心碎。

其六

身处壮阔的布达拉，
我是雪域威赫的王。
游荡在繁华的拉萨，
我是潇洒汉子宕桑。

布达拉宫的金顶在高原阳光的照耀下熠熠生辉，我独自倚着窗棂，沿着云蒸霞蔚的高天努力放空我的思绪。偌大的宫殿在阳光的强烈照射下，像一个辉煌的舞台，只是这个舞台属于政治，没有哪个角落容得下人间烟火。思想从佛床边飘出窗檐，慢慢升到了云的那一端，夕阳余晖下，暮色渐渐四合，提醒着我，布达拉宫这一天即将结束，而我的人间生命才刚刚开始。想来黑夜与白昼未必只有色彩上的差别，白昼充满阳光，每个人都把最光彩照人的一面呈现出来，白昼里好像只有向上的希望，所有人都在白昼里忙碌，忙着打谷种稻、吟诗作对，怀抱希望，也期盼着未来的美好生活。而黑夜总是带给人们太多的麻烦，大人们要费力地点起油灯，才能继续白天未完成的活计，小孩子最怕黑夜，因为妖魔鬼怪都是昼伏夜出。说起来，人真的很奇怪，小的时候因为害怕而难以入睡，长大了以后因为思念而更觉长夜漫漫。对于我来说，黑夜再漫长总比白昼来得好，白昼虽然光鲜却不真实，而黑夜恰恰给我们一个释放真我欲望的机会。最后一缕阳光照在布达拉宫的最顶上，云霞折射着光晕一圈一圈在头顶扩散开去，透过这一片云霞，眼前的一切都变得模糊起来，像沙漠里的海市蜃楼一般。

在布达拉宫的圣殿里，我坐在宝座上，眼前一阵虚幻。几年了，权杖不曾触摸过，大事不曾商议过。我明白，我只是一张牌，那金碧辉煌的宫殿也不过是海市蜃楼罢了。连这幻象何时会消失我也无法掌控，它来时我便只管欣赏，它走时我也只管承受。潜心修行的佛法，到底有什么价值呢？我不曾在大殿里为任何人解释心中的烦恼疑虑，也许是因为布达拉宫能给我的一切都是虚幻的泡影，而只有那些真正生活在人间的饮食男女才会生出诸多烦恼吧！

在雪域高原，蓝天高远，草原辽阔，白雪皑皑，纯净如孩童的心。我在圣殿里，终日对着金光四壁——东宫墙、西宫墙，蜿蜒曲折筑起了心灵帷幔，千百所宫殿，我的青春却无处安放。我本是雪域高原最大的王，可是为何白雪茫茫却掩不住我的忧伤。

暮色下，从侧门转身而出，寻着酒馆里的歌声，我仿佛看到了美丽的心上人在那里等待着我的到来。如水的肌肤，如花的笑靥，黄鹂鸟一样清亮的歌喉，时刻撩拨着我少年的心弦。达娃卓玛，年轻的姑娘，你的手似天山雪莲的花瓣，纯洁温婉，抚慰着我初恋的创伤，年少的心注满了爱的能量。可是这一天，欢唱的人群中却怎么也寻不见达娃卓玛的倩影。好心的阿妈告诉我，我的达娃卓玛已经被父亲带回了琼结，她的故乡。我像被钉在桌旁，半晌没有说话，我心爱的姑娘，未曾留下只言片语，却即将成为别人的新娘。为何命运这般残忍，要在一颗心上留下两道相同的疤痕，如果能够选择，我真希望，从不曾见过布达拉宫的高墙，也不曾受过上师的规诫。唉！我心爱的姑娘，只是从来缘分浅如水，奈何情意似深海！那高原上星罗棋布的圣湖想必便是哪位痴心浪子单恋着心上的姑娘，直把眼泪积蓄成了一片片湛蓝的湖水！

起身出门，再一次混入拥挤的拉萨街头，转经筒在夜风里为圣地的人们祈祷，而我只听见达娃卓玛如黄鹂般的鸣唱像旧日一样萦绕，伴着我的百结愁肠。

年轻的仓央嘉措，本应过着简单的日子，从不曾想过自己会走过这样百转千回的人生轨迹。刚刚住进布达拉宫，年少的他被震撼过，也许也想过潜心修行，不愧于命运的安排，但等华贵的新鲜外衣被时间剥落，他才发现，原来这是命运的一次作弄。原来在他身后并不是一条潜心向佛便能修成正果的金光大道，而是一个无法企及、无法掌握的旋涡。权杖不曾触摸，这个幻影终究是要消失的，但没想到的是爱情在他的生命里也随着身份的转变成了一个巨大的泡沫，一触即破，余温尚存却又不知浪迹到哪里去了。在这首诗里，身处布达拉宫的王地位看似高贵，却深陷矛盾的泥沼不可自拔，本想成为一个英雄，有所作为，却得不到机会；而想做一个普通人，追求青春追求爱情却也屡次因特殊的身份而不得不放弃。这个身份越高贵，他失去的就越多。就像《大话西游》里孙悟空吹着口哨自嘲着离开一样，仓央嘉措也只能用婉转的情歌唱着内心无尽的哀愁。

其七

情到深处探问情人的誓言：
我们今生能否永远相伴？
心爱的人儿坚定：
只有死亡才能将我们分开。

秋天来了。

一季的雨洗出了纯蓝的天空。青稞黄熟，绵延到视线看不到的地方。这黄是大地血脉的颜色，染透了远处的云杉，在天的边际勾出一道金色弧线。还是格桑花最美，红的热烈，粉的娇艳，漫漫一片，像海，漫过田野，漫过山坡，漫过河滩，漫过你家门前。你来自月亮的方向，踏着那花的海浪向我走来，发上的珍珠，耳边的绿松石都不及你夺目。阳光斜斜打在秋天的草原上，我和你在格桑花铺成的道路上缓缓走过，一切都变得缓缓的……风缓缓地吹，花儿缓缓地摆，牦牛缓缓地走，天上的苍鹰缓缓地掠过，你开始缓缓地唱歌……歌声也是缓缓的，像柳枝抚过水面，在我心底漾起涟漪，悄悄荡开去，与那花的海一起，在天幕下澎湃。

我轻轻抚你的发，看着你黑葡萄一样的眼睛，想问你那句一直想问的话，可心中总是忐忑，不知你的答案是否如我的期待。我说："苍鹰与天空永不相离，你可愿与我永远相守？"可你不说话，望着远方的山沉默，不知在想些什么。我不禁黯然，美丽的姑娘是否总是无情？

这时你说，听说汉人有一首歌，说的是一个女孩爱她的情人爱得像纳木错的湖水一样深。有一天，她对上天起誓："上天啊，我愿和我的爱人相知相伴，这种情谊永远不会断绝，除非你让山磨光棱角，让江水干涸，让雷声在冬天响起，让雪花在夏天落下。若非天地相合，我便与他永不分离。"我望着你，你的样子从来没有这样美丽，如天山的雪莲开在我的心里。你说："我与你，宁死别，不生离。"

宁死别，不生离……世间的一切声音都从我的耳边消失了，只有这一句像酥油的清香，久久不散。我要将这句话印上经幡，让草原的风为我将它吟唱，直到地老天荒。

这首诗一问一答间流露了人世最浓的爱，真一个问世间情为何物，直教人生死相许。这首诗体现了藏族百姓在表达自身感情时的直率，问答的形式类似于藏族青年男女表达爱意的山歌。

山歌在藏语里称"拉伊"，俗话说"拉伊是媒人"。你我在草原相遇，隔河相对，一唱一和，只有即兴的词句方可表达最真的情感。我们的心乘着悠扬的曲调穿过羊群，越过河，慢慢贴近，爱情的火花就在这歌声中迸发。

仓央嘉措，那位说着"宁死别、不生离"的姑娘是否真的至死才与你分开？你走向青海湖，莫不是为了她？青海湖底有没有一个宫殿，里面住着你心爱的姑娘？你来世的轮回选择了理塘，是不是那里有位姑娘前世与你有一同的盼望？有人说你其实远走他方，为的是与她自由相爱。若真是这样，那格桑花的开处是不是有你们走过的天涯？不论你去了哪里，你的“拉伊”至今都流传在苍鹰飞过的每个角落，诉说着你的凄美爱情。

其八

偶遇梦中情人，
如同拾到了白璁宝石。
情人的芬芳让我陶醉，
祈祷上天万万不要收回这段情缘。

人与人的相遇，是最美丽的平凡，却有人愿意为这平凡沉醉，哪怕是花费一辈子的时间。我常想，如果没有这样美丽的相遇，此生岂不是在走苍白的过场？我不是耽于旅行的人，曾经认为心能到达双脚所不能到达的地方。再美的风景，也抵不过一颗美丽心灵闪耀着智慧的思考。然而，你可知道，那次意外的旅行让我收获了意外的人生，从此，我离经叛道，背离了我的最初，因为旅途中你装饰了我所有的梦。我缠绵悱恻的情绪，像天上的细雨，无边无际，烟雨蒙蒙，弥漫成了整个季节的格调。

那天的情形，历历在目，一个平常得不能再平常的日子，却酝酿了没有人会拒绝的精彩，你像一个天赐的惊喜，以天使的模样坠入人间，扰乱我平静的心海。春风撩人醉，有情人心有灵犀，我没有缘由地在那个不起眼的路口逗留，无所事事倒也兴致不减，拾一片叶子把玩岁月的印记。现在想来，如果当初能看到下面的故事，我是否还愿意在那里等待？我不想去追问值不值得，也不会感慨着悔不当初。

有时候，人与人之间的缘分是一系列很美妙的偶然组合，我们迈出了相同的步子，走上同一条路，我先是闻到你的衣衫兜来的香味，是春天的味道吗？我疑惑着往你来的方向望去，不迟也不早，你也把目光透了过来，四目相遇的一刻，我从你眼中看到了欣喜。你那会说话的眼睛泄露了你的心灵，在慌张躲开彼此的目光后，我丢弃了表情的掩饰，纯真地面对着这相遇的美好，心里也是惴惴不安，不知是我单方的多情还是你也感恩上天这样的安排。

从此，我再无法忘记你衣袖间的香味，那是最醉人的迷魂香，我的魂魄从此追随这种味道无法停息；还有你那双眼睛，那是一泓最纯净的深潭，让我义无反顾地投身其中。我多想留住这美好，把你请进心里来，让我也住进你的心房，我愿用在佛前焚香的数千年，来换这样的相遇，不用多久，一生一世就足够。

世界上走得最快的往往是最美丽的风景，我敏感的心灵捕捉到了这一讯息，苦苦地哀怜，也无法让时间停下脚步，反而会白白浪费享受和你静待的时光。日子煎熬、相思难耐时，我问佛，为什么安排这一幕美好又要破坏它？佛说，美好无处不在，不美好则来自贪欲。缘起缘灭终究是一种宿命，来时是那么的真实，走时又让人倍觉伤感。

思绪在我的心里兜来转去，也无法躲开命运翻云覆雨的手，再看你时你依然笑容嫣然，平静中透出雅致，多么安静美好的女子，超出了世人颂赞的一切。我痴痴地看着你，用一颗不掺任何杂质的心灵，膜拜着我心中的女神，试图让这一刻变成永恒。

仓央嘉措，有着一颗多情而敏感的心灵，从最细微的动作里找到了诗意，把美好定格在诗句里传达给同样追求美好的人。这首诗，就在一次偶遇中敏锐地捕捉到灵感，简单的故事里包含了浓浓的情意。偶遇的欣喜和对美好可能擦肩而过的担心，寄托于珍贵的宝石，让朦胧的情感变得可以触摸。远方在遥不可及的地方，却提前增加了他的感伤。得到和失去就这样在诗人的心里纠缠，有始无终。

其九

谁说渡口是个无情的地方，
看那船中的木马[①]都知回顾离开的方向。
只有我昔日的爱人，
远走他乡也不肯回头张望。

你明明知道我对你的爱，却故意置之不理。痴心人和负心人演绎着人间的爱恨情愁，纠纠缠缠也没有参透缘聚缘散

①木马：古代藏族渡船刻木为马，马头朝后。

是种幸运还是幸运中的不幸。于是，历经了世世代代后，往昔的一幕幕不断重演，多情依旧被无情恼恨，无情人也继续着伤害。

自从沉落在有你的梦里，我们之间也拉开了这场战局，我从此和宿命纠缠不清。你的眼睛告诉了我你的心不在这里，在远处，遥远到不能见的远处，我不知道那里是一番什么样的风景，是否有着你年轻心灵的归宿，是否承载着你的青春梦，还是那里有你飞黄腾达的基石，我知道凝望远处已经在你的生命里定格成了一种姿态。我告诉自己不要介意，并决心让你一直遥望远处的目光多一些温存。可是我怎么也没想到，自信被你一层层剥落，却迎来了这样一次分离。

那一年、那一天，是我们认识多年后我最不能释怀的离别。那时你依旧对我不远不近，所以心里有再多的不舍我都保持着沉默，紧紧跟在你的身后，送你到无情的渡口。在染满落霞的渡口旁边，艳红的霞光像是我哭诉的双眼，泣出血来。没有分别，已经焦急地想询问你的归期。可是你并没有太多的伤感，一脸的无牵无挂，心平气和地等待着划开船桨，我这么多年的守候在你拂袖间被拂出记忆。我有太多太多的幽怨，却一压再压，不敢追问为何你不让我的船儿驶入心海。

人们说，世上最难熬的是等待，我愿意承受这煎熬，直到铁石开花。这么多年来，从第一次见到你后我拒绝了所有的花季，任满园春色凋谢殆尽，只为一个你。你的心不是铁石，怎么也迟迟不打开心门？如今，我才发现等待使人老，心事终难成。

都道渡口无情，却承载了多少离人的哀愁；都说船上的木马是没有心肠的，却在最后的时刻，尚且对我回头告别。而你渐渐远走，不肯回头，哪怕是冷淡的道别都没有。看着你渐行渐远，我的心像是被掏空了似的，守着空荡荡的渡口，魂魄四散。谁能说得清这样的付出会不会让你多年后回头眷顾，谁能告诉我这样的一转身彼此会不会将是陌路。

仓央嘉措这首诗，乍一看不过交代了一个离别的场面，被送的人没有留恋地荡开了船，留有情人于渡口心中纠结。爱若去，情难留，就让他走，可是那也是得到后的事。有人说没有得到就谈不上失去，可谁知道有时候得不到真的也是种失去。面对心仪的无情人，心已去，情难收，算不算是一种失去？相思的哀愁再添一层，也不诉心里有多难受。读出这些，不免让人感到一丝丝疼痛，岁月如斯，人生如斯，一切似水漂流，割不断的情思欲罢难休。

其十

拉萨街头结识卖货的姑娘，
海誓山盟说永不相忘。
谁知这誓言如此不牢，
如花蛇盘的结儿不碰就开。

爱情，在某些时候，是个让人疼痛的字眼，它像人的脉搏，活着的人永远无法捂住自己的心脏让它不跳，每跳一次就是一次揪心的疼。从相识到相知，也许就那么一瞬间的事，所有的美好便慢慢地扩散，可是，从相爱到别离也就在一瞬间成为定局。世间形形色色的摆设让人眼花缭乱，你却于繁杂中把视线锁定在“过客”身上。明明是简单而美好的相遇，因着世事的阴差阳错，随风飘落，如一江烟花。

你我的相遇，定格在记忆里，在那人来人往的拉萨十字街头，从此为我的生命涂上了挥之不去的银灰色调。那是改变我生命行程的一个初夏，空气中还有春天残留的香味，日子转换，你我本是陌路，却于闹市中找到彼此孤独心灵的去处，没有太多的语言，也没有太多的交流。我们就那样站在一条街的两头，由一种莫名的东西牵引着，向街中靠近，直至触摸到彼此的心理暗流。没有意外的欢喜，也没有初次相遇时的矜持，我们自然地契合，静静地感激。

也许，我们不该拿幸福打扰命运，它会艳羡，甚至会嫉妒。幸福到被命运嫉妒是一种幸运，但是我们忘记了，一旦被命运嫉妒，所谓的幸福将成为一切不幸的来源。只可惜，回首时，一切都已太迟。心在左右，身早已四处漂流。那天，情到浓时，绾个同心结，把心系在一起，是我们纯纯的表白，可是，就在一转身的时间里，我们彼此的认可，成了传说里苍凉的远方。我不能理解世事的瞬息万变，以为只要有颗真心，就能改天换地，不是有人说有爱就有明天吗？为什么阴差阳错的命运之河，让我们的山盟海誓成了云烟？

就这样，生命的游戏，停歇了它的脚步，我感到自己被欺骗和耍弄，再不愿微笑着与命运握手言和，人生就这么一遭，却被它夺去了所有的美好。可是，它对我的情绪视而不见，照旧大摇大摆地走进别人的生活，一番折腾后，若无其事地离开。落花不解心里事，一成不变地开开谢谢，人来人去，怎么也找不见红尘轮回中谁在宿命般地徘徊。

解不开的心结，被仓央嘉措以简单普通的方式呈现出来。人与人的相遇、相知到相离，都被他轻描淡写到让人心疼。那么纯真难得的情感，他却像个老者在若干年后回忆时用看透的语气传达，没有情绪的宣泄，更谈不上歇斯底里，对于命运，也是一种淡然的心态。

他拥有着像是走过了人生无数个春秋后对命运的宽容，那种面对自己心事时的细数擦拭，是没有经历过心灵大变的人，永远也无法到达的人生境界。可是，仓央嘉措在二十几岁的年纪上，已经把心情叠藏得让人心生怜惜。

其十一

工布少年生起了爱恋，
就像蜜蜂扑入了蛛网。
可与情人不过三日的缠绵，
佛法又会进驻心上。

我曾认识一个少年，他来自工布。那里的湖水幽深，那里的高山巍峨，那里有雄壮的峡谷和豪迈的箭歌。我与少年初遇那天是草原比赛射箭的日子。那时的天啊，纯净得不带一丝云彩。人们在比赛场上聚集，欢腾的人声像风吹过松林。那天我穿着节日的盛装，及踝的长袍是我亲自到八廓街选的布料，用的是花缎，让最好的师傅为我量身定做；我头上戴的巴珠[1]是人群中最耀眼的宝石，它们从发上垂到我的两肩，正好衬托我朝霞样的脸庞；胸前是银制的佛盒，阳光下熠熠生辉；左手的银镯，右手的白海螺，每一件都那么华贵，灿烂夺目。

矫健的箭手来到场中，我们用歌舞为他们助兴，和着箭歌跳着箭舞，我是人群里最美的姑娘，而他是最帅的小伙。只见他端弓执箭，端的是沉稳老练，黝黑的面孔散发着黑土地般的亮泽，坚毅的目光此刻散发着猎豹的光芒。箭如风掠向箭靶，红心应声而落，场内的喝彩声久久不落。我向他献上白色的哈达，他冲我笑着，说：“你是我最美的礼物。”

这少年啊，他来自工布。他说他家乡的湖碧如翡翠，他说他家乡的高山能通向蓝天，他说他家乡的冰川是最美的精灵……他说他对我的依恋就像湖水一样深沉，他说他对我的情谊就像高山一样坚定，他说他对我的爱慕就像冰川一样纯净……

我曾认识一个少年，他来自工布。他的心困在爱的网里，深陷却不愿自拔。他说他本要去山上的寺院里听梵唱，用修行换取福祉，可自从遇见了我，他觉得我就是他福祉的来处。

我曾认识一个少年，他来自工布。他说他爱我所以放弃修佛。第一日，他将自己的靴带系在了我的靴上，捆住了我的灵魂；第二日，他来到我的窗前，唱着悠扬的歌，只为见

---

①巴珠：用珊瑚、绿松石做成的头饰。

我一面；第三日，他送来一朵雪莲，静静看我默默无言。

我曾认识一个少年，他来自工布。他说他的纯洁爱情如山高水深，可为什么渐渐地，他的忧愁那么明显，说他想念梵音的美妙与佛灯的照耀。

我曾认识一个少年，他来自工布。他像陷入蛛网的蜂儿一样恋上了我。第四天，蜂儿挣脱了纠缠，走向了心灵的清净处。

什么是永久的爱情，仓央嘉措在这首诗里似乎并没有提到，他只告诉我们一个短暂眷恋的故事，但正是这极致的短催发了我们对永恒的思考。什么是永久的爱情，从这首诗里其实你可以看到。仓央嘉措心中没有修起佛坛，爱情是他寻获真实自我的圣殿，可当圣殿面临崩塌，有什么可以拯救孤独的灵魂？

其十二

不要在外融内冻的大地跑马，
踏上隐藏的冰雪会人仰马翻。
不要与刚认识的姑娘倾诉衷肠，
谁知道她内心深处怎么想。

多少年了，多少次午夜梦回，多少次我梦见被众人高举在珠穆朗玛峰之巅，左顾右盼不见你的踪影，也找不到下山的路。多少次我梦见藏南的家乡，那天空中高翔的雄鹰，那草原上奔腾的骏马，那屋前盛开的繁花，那笑脸盈盈、款款向我走来的你……可是，这一切仿佛水中的倒影，伸手触及的一瞬间便支离破碎，即使在梦里这一切也都只是幻影，像镜中花，只能远远地观望却连花香都闻不到；像水中的月亮，靠得越近反而离得越远；像手中的细沙，握得越紧反而流失得越快。

记得那个初春的艳阳里，你从天而降，仿佛我生命里的一束荣光，在我的马背上跳跃着清新欢快的旋律，你清水般的笑脸，像涟漪荡漾在我的心湖上，那一刻，真想生命永远停留在马背上。空旷苍茫的草原上，马蹄踏着春泥越跑越快，惊如小鹿的你把我抱得越来越紧，那一刻，呼吸停住了，世界静止了，你就像初春的泥沼，我的心在里面越陷越深。我沦陷在你轻柔的拥抱之中，沦陷在你如春的温暖之中，辽远的蓝天一定知道，飘浮的白云一定知道，高唱的雄鹰一定知道，只有你还不知道。

你一定不知道，在你清莹如水的笑脸上，有我一生一世的向往；在你温暖如春的拥抱里，有我花样年华的所有美好回忆。有你在身边的时候，谁还在乎什么“会当凌绝顶，一览众山小”的雄壮。而现在我在万人中央，感受千年荣光，心里却只剩下高处不胜寒的惆怅，对你的思念像多情的藤蔓一圈一圈缠绕着我的心。你一定不知道，我用眼里暗暗藏着的泪光，把青海湖的湖水点亮，我用心中难掩的孤独做一件华丽的霓裳，远方的你可知道我想你的心里有多彩的回忆，也有躁动不安的忐忑和不可名状的痴狂。

还记得那一次的赛马骑行，你扬鞭而去，寻找远方的

彩云，回眸一笑，我便失去了策鞭的力量。你说，要记得永远不要把你一个人留在广袤无垠的草原上，独自奔跑。我才猛然醒悟，催马上前，任你多情的小马将春泥溅在我的布衫上。我紧跟着你，奔向远方的地平线，一起追赶夕阳。马儿越跑越快，白云蓝天越来越近，你我好像一对小鸟儿，比翼齐飞，我幻想着从此以后可以与你双宿双栖。我在相视的笑眼里看到了你似水的柔情，却不懂用甜言蜜语来回应，心里藏着疯癫的狂喜，脸上却只剩憨态和傻笑。

在夜晚的篝火旁，火光映照你娇嫩的脸庞，我终于鼓起勇气痴痴地表白心意，你羞涩地笑着，脸上飞起一片片红霞。我把你紧紧拥入怀中，和你一起畅想我们的未来，向你倾诉衷肠。可谁知命运的轮盘飞转，指针又回到了最初的地方。在得知必须远走他乡的时候，所有的记忆在眼前剪辑成混乱的电影胶片，不停地播放。既然要我离开，又为何让你我相遇；相遇也罢，又为何让初春的泥水在我的青衫上留下不舍洗涤的记忆；留下记忆也罢，却又为何要让迷人的夜晚篝火将你的似水柔情映衬得如此清新可人；有你似水柔情也好，却又为何偏偏要我向你倾吐心事，传达爱意？

我始终不愿相信这是命运的一场玩笑，于是从此以后，不再初春赛马，招惹多情的春泥，不再向初识的姑娘倾吐心事，只怕那情那景，情何以堪！从此以后，关于春泥的心事，只有你是我心底的一段电影，独家放映。

仓央嘉措的记忆里，远赴拉萨也许并不是他心甘情愿，于是，所有关于家乡，关于心中那个美丽姑娘的记忆都成了尘封的往事，风一吹便会惹得太多的眼泪，所以诗歌里道出的并非是在初春冰雪刚刚开始消融的大地上骑马，以及向一见钟情的姑娘倾吐心事的怅然，而是这美好记忆和现实生活之间的矛盾，还有诗人心里深不可拔的无奈。这无奈的现实成了他心中日夜纠结的痛楚，让他从此以后不得不时时提醒自己，再也不能给自己存留这回忆的任何机会了，免得徒增悲伤。对心存恋爱的人来说，这份尘封记忆的心事该是多么无奈啊！

其十三

这个月无声隐迹，
下个月还会再来。
天顶吉祥的满月，
总是这样来了又去去了又来。

有一种爱，叫作相依相守，万千繁华过后，你我依然能够在一起看月落，看日出。

心爱的姑娘啊，我知道相聚的苦短，也知道思念的漫长，在我心上，你就是圣洁的月亮女神，我愿做唐古拉雪山中的一泓湖水，愿你永远倒映在我的心上。雪山环抱当中，我的心湖上波光粼粼，月光照耀着这一片亘古幽蓝，明清如镜，我向着雪山低唱，怯怯地对着高原昵语，向着明月高歌，歌声辗转唱着对你的思念。

下弦月夜，月色下的布达拉宫晶光闪耀，我在其中深藏着难解的思念。一个月太长，看着月影的变换，数着相见的日子，想念像颗磁石，吸引着我爱你的一片铁血丹心。一个月太长，我该向谁抱怨，思念飞过喜马拉雅山巅，唱给月亮身边的那朵纤云，不知它能否传递我绵长悠远的想念。下弦月慢慢变幻，上弦月即将遥挂天际，只是相见越近，思念偏偏又更加急切。圣洁的月亮女神啊，我想飞上天边汲取一缕月光，就好像你一直陪在我身旁。雪山明亮全来自你的光芒，浮云洁白全来自你的恩泽。你在高原的头顶，雪山怎抵得过，你在长天之上，白云怎能遮蔽？雪山为谁屹立，白云为谁飘舞，而你呢，月亮女神你又为谁而照耀？

我在宫殿的一角，仰望你美丽的脸庞，遥想相聚之时你可爱的模样，你的光照耀在我的心里，天地为蚌，你是一颗汲取了天地之精华的珍珠，高贵、圣洁、明亮，我把你放在心里悉心地珍藏。你的光芒为我抚慰心中的寂寥，你可看见那一朵流云，就是我用相思织成的洁白哈达，献给你，我的月亮女神，感谢你给我的生命带来了光辉，感谢你在苦思的长夜里听我倾吐衷肠。寂寞的深夜里你一直醒着陪我看世纪沧桑，六道轮回的路上你照亮了我的方向，匆匆生命里我只是个过客，朝圣的青石板上我经不起芸芸众生的等身长头，经不起他们祈祷的天荒地老、山高水长。

长夜里的经殿上，我闭目诵经，香雾缭绕之中，心在高耸入云的雪山之巅和湛蓝如宝石般的湖水之间徘徊辗转，寻着月色的香气编织出一片片思念浮云，追随着你的踪迹。夜空中，高山大川之间，雅鲁藏布江奔腾不息地拍打着雄壮的节奏；山涧林荫之中，小溪山泉吟唱着优美的旋律，而你正随着这和谐的自然之音，轻歌曼舞。夜风中，白云做的衣裳轻轻地飘荡在湖面上，惹起一阵阵欢喜的涟漪。多想追问你何时才能再次相见，却迟迟不敢开口，几次话到嘴边却又无奈地咽下，生怕惊乱你的舞步，只能看你舞动着白纱离我越来越远……夜空中的星星向我眨眼，仿佛在轻轻告诉我，不要心急，等到下月上旬，月亮女神就会来到我的窗前。

藏族百姓心中最美的图腾便是日月同辉，在他们心中太阳和月亮一样重要，而仓央嘉措期待月亮正像期待着与心爱的姑娘相聚一样。这样说来，把心爱的姑娘与月亮相比，期待神圣的月亮就像期待心爱的姑娘，就不难理解了。这一月和下一月明明是紧密相连的，但是正因为思念的缘故，这原本紧密相连的时间也变得如此难熬，而当夜幕降临时，对心爱姑娘的想念就越发衬托出长夜漫漫了。

其十四

你若想勾走我的三魂七魄，
只需微微露齿一笑。
你可是真心与我相爱？
务必说个誓言让我知晓。

•

灯下你对我嫣然一笑，我的灵魂便离开了身体，荡在空中。可我不知道，这是你的有心还是无意？我不相信你的名字代表的权力，不相信你的金钱代表的富裕，不相信你口中念念的情谊。我受了太多无谓的情伤，心经不起一次又一次的撕裂与缝补。我只相信誓言，请你用你的信仰起誓，用你的魂灵当代价，对着珠穆朗玛，许个誓言，告诉我，你真的对我深深爱慕，愿意不离不弃。

经历一番痴情的苦，他才写下这样的诗句吧。对面的美人对着自己含情脉脉地笑，换了他人早已勇往直前地追求了吧。可仓央嘉措已不是情感单纯的年纪，他受了情爱的折磨，太多的苦让他对飞来的爱情鸟显得有些不知所措，想上前，却又怕再受伤，那姑娘的心意再也没有心力去猜，只想请你告诉我，是不是真的爱慕。尽管如此，他却又不敢随便相信那美人口中的话，人越美心越冷，他自是了解。人间最美的情郎也会慌乱，他不得不让你许个圣洁的誓言，好慰藉他孩子般的不安。

江水再澎湃也会遇到浅滩，格桑花开得再热烈也有开败的一天，苍鹰的翅膀再有力也终会疲惫，而你的心最是人间清瘦，再经不得伤。谁说你放浪，谁说你不羁，是雪域人王那又怎样？

仓央嘉措纯真的心，正是他不安的源泉。如他真是个浪荡子，全不爱惜、全不在意，又何必计较你是真心或是假意？向来人说女子为痴情苦，可那拉萨的大街上，曾走过世间最美的情郎。他的苦是求之不得，得之易失，失之难忘。他的苦是人世的最美与人世的最悲集结于一人身上。

这样的仓央嘉措，本应守着自己的心，只爱佛。可他偏偏如此多情，多情自古空余恨，恨到心湖结冰就燃一把火融化，再等着它慢慢冰封。即使是这样，他的心却不死，对着心仪的姑娘，仍存着美好的期望。但誓言是不是真的能令你从那样的命运轮回中解脱？多少人守着空空的誓言守到红颜老，你可知道？

那个笑意盈盈的女子，你看见一个多情的仓央嘉措，可你是否也看得见一个纯情的仓央嘉措？你的誓言应如那最坚硬厚重的石经墙，越过年轮，历经沧桑变幻依然神圣持守屹立，才对得起人间至真的情怀。

除了誓言，藏族百姓定情的信物还有许多，腰带是其中常见的一种。藏族百姓的腰带每一条都精心打造，绸缎的绣花，金银的雕刻，每一件都是完美的珍品。长长的腰带也许正意味着爱情的长久永恒，代表的是最圣洁的誓言。把情人赠予的腰带系在腰间，但也请你学会深深地缠在心里。

戒指也是表达忠贞爱情的一件信物。一枚情戒即是一把情锁，锁住了彼此的终身。于藏族百姓而言，戒指比千万只牛羊还要珍贵。丢失了财物人们难免心头郁郁，但你若将情人相赠的情戒丢失，那便如同丢了心。劳作之余，坐在无人之处，我悄悄地抚弄、把玩，对着情戒诉说对你的相思衷肠，是人间何等温情之景。平日里，这戒指深掩在我的袖下，我不夸耀，不张扬，只为让它不受这俗世污染。

其十五

能与情人邂逅，
全靠酒家娘撮合，

若因此欠下孽债，
可得劳你养活。

萍水相逢是一种缘分。

你是在哪里第一次见到你美丽的未嫁娘？是她在八廓街上转经的时候，还是她走进你常去的酒家那一刻？

正好那时的你不在布达拉的山上，不是密法佛徒，只是风流公子，人间美情郎。

正好那时的她还未出嫁。

你可知道，你们约会的地方，如今用着和她相同的名字。人已非，物依旧。八廓街上的游客转过街角，蓦然抬头，总会邂逅那夕阳下金色未嫁娘。

尽管后来你们的故事与以往的许多故事一样悲怆凄凉，尽管你后来有些埋怨那位热心的酒店阿妈，但最该感谢的也许仍是她。当年的她是不是风情万种、眼角生媚，还是温婉贤惠、质朴无华？无论她生得怎样，一定有双最智慧的眼，能当世上最好的红娘。她成就了你和情人的缘分，更成就了后人关于爱情的无限遐想。

“未嫁娘”在藏语中为“玛吉阿米”，传说那是仓央嘉措情人的名字。你在拉萨的八廓街，转个弯也许就能遇见她。她静静伫立在夕阳里，无声讲述着发生在这里的悲欢，如果你用心，就会听见。

当年，松赞干布下令修建大昭寺。寺院建成后，虔诚的信众来此转经，日复一日，年复一年，竟渐渐踏出环绕大昭寺的小径，此即最初的八廓街。“八廓”意为“中圈”，如今的八廓街已经成为拉萨最有名的转经道。这里是信众心中的升天之路，是今生与来世的福祉所在，一圈圈转经，只为与神佛接近。转着经筒的老阿妈，你挪着细碎的脚步从佛前走过，从何时开始又从何时结束？那街边的商贩，摆着琳琅满目的货物，你们的先祖最早来自哪里？你们都可曾听说那个风流的少年，美丽的玛吉阿米，听说那个酒家？长长的转经道，当年走过美丽的恋人，他们的脚步你可曾记下？那年他们最爱喝哪种酒？在玛吉阿米的阳台上，最爱看哪里的风景？

在玛吉阿米的阳台饮酒定是人生一大乐事。在这里，你可以喝着店家酿的青稞酒，俯看八廓街。别说仓央嘉措嗜酒是一种错误。藏民爱酒，哪怕是修佛的僧侣对酒也没有禁忌。那莲花生大师也是爱酒之人，也曾在酒店饮酒七天七夜不归。传说一位叫米拉日巴的高僧，他的师父玛尔巴酷爱饮酒。后来，米拉日巴进深山苦修，节制饮食，却一直不能达至高境。一天，他的家人送来美酒佳肴，米拉日巴食后修为大进。此时，他打开师父所赐的秘卷，只见其中写道，要靠好饮食，喝一点酒，才可达“涅槃”。米拉日巴由此领悟上乘密宗“以妙欲为道”的奥义。不知当年仓央嘉措美人相伴，把酒言饮的时候，是否也能体会这“妙欲为道”的密宗哲理。

饮一杯青稞美酒，先吃一点糌粑，这样你不至于太醉，免得误了你的归程。你想用哪种酒杯？黑色的陶杯？包着银边的核桃酒杯？还是用野牦牛角制成的角杯？和着八廓街上最美的故事饮下的酒，就算那酒不醉人，你亦自醉。

其十六

我为青梅竹马的恋人插了经幡，
就是柳树下立着的那一个。
看守柳树的阿哥，
求你别用石头将它打破。

有一种爱，置身事外，它没有你侬我侬的甜蜜，在平凡相处的日子里慢慢发酵。突然有一天，这种感情被某个意外确认。它无关乎轰轰烈烈，却绵延流长，从一开始就相知相守。这样一种感情，早在古诗中被诗人阐释，“郎骑竹马来，绕床弄青梅。同居长干里，两小无嫌猜”。青梅竹马自古以来都是被人们从内心认可的完美姻缘。

流水带走了光阴，将日子翻阅。曾经的郎骑竹马，已经化作柳树旁我为你竖的经幡，当年的两小无猜里也多了些许心照不宣，相处的举手投足都昭示着今生为君而生。仔细看去，迎着斜阳，竹马显得格外柔和，竖起的经幡披着余晖也更加缱绻温柔，两种不同的身份，诠释着同一种情感。你给我保护，我还你祝福。虽说还没有嫁为君妇，你也开始为我守护那竖经幡的柳树，悄悄地在阿哥的耳边留一句叮嘱：千万别让飞石破坏了我为阿哥的祈福。多么温馨的场景，人间多少痴男怨女无法企及的真情，远胜过复杂的经历里饱含着心酸的爱。无须太多的言语表示，也无须誓言的保证，满溢的爱恋都给了对方，以及对方的整个世界，只有心伴随岁月，伴随你我。

仓央嘉措这首精致的小诗，前两句用叙述的方式交代了一对青梅竹马的爱恋，和他的其他诗歌一样，没有复杂的故事，简单质朴，一句“青梅竹马的恋人”，让看似稚嫩的情感厚重扎实起来，旁观的人，不用担心两个年轻人的磨合之痛。善良的姑娘，竖起经幡，日日在那里为心上人祈福，柳树的旁边，天天撒播着眷眷深情。淡淡的温馨，夹带着回忆在心里油然而生。回首瞭望文学的路、诗人的路，仓央嘉措这个名字让人起敬。如果截取这样的场面作为影视的一个镜头，舒缓地移入人们的视线，对白和动作都简单到极点，信仰的味道载入，用心品读的人，定能触摸到那如溪水一样的情感。那一种超脱的大爱，能将被尘世里的琐碎麻木的心融化。仓央嘉措，就是这样在用心生活，用心写诗。

其十七

印章黑色的印记，
不会倾诉衷肠。
但我依然要在信上盖个，
当是把我的相思印在你的心上。

世上有很多种感情，面对尘世太多的纷扰，谁也无法说清爱以什么样的形式存在才算是精彩。有的人指天为证，以为上天是最恒久的存在，以为天的恒久能延长爱情的保质期；有的人用一纸婚约来捆绑别人也捆绑着自己，以为身在左右，心也就在左右。然而，身随物移、心随事迁，当初的信誓旦旦都被现实的洪水猛兽摧毁，面目全非的爱免不了散落一地。转身间，世事沧海，爱已消逝，不复存在。

用情太深，就会担心失去，不知道是对对方无法确定还是对自己没有把握，我们努力地靠近，却被太近的距离刺伤，心反而越发孤独。捧一颗如玉的心交给对方，也无法交出一个确定的未来。曾经的美好，会在一念之间轰然倒塌，太过脆弱的心，经不起感情的揉搓。

你我的会意，本是洗尽了俗世的烟尘，在那高高的山巅，有白云和苍鹰见证。可是，一切的纯粹，在我们渴望靠近的时候变得无法掌控，为了爱，温润无瑕的你已经卷入了太多的俗世之争。你沉默不语，用眼神告诉了我你的无怨无悔，却无法掩饰你内心的疲惫。圣洁的雪莲花，在努力地拒绝烦扰，尘世却不会呈现慈悲。

时间如风，呼啸在耳边；爱恋如云，被风驱赶；世事浮浮沉沉，我们已回不到从前。那些曾经的风轻云淡，在眼前飘过，不能爱，也无法恨。尘世遭遇的纠缠，已无法停止。就在时间的边缘，我们一起看到了尘世里那最平凡的幸福，看着别人的幸福，我们终究无法不去羡慕，以为爱把他们带到了极乐世界。静静地看着身旁的你，因别人的幸福而兴奋的神情，我的心里有酸涩升起，感到了深深的歉意。

直到今天，我终于明白了，你当时的良苦用心。看到别人的幸福，你流露出的兴奋神情，是因为当时你脑海里浮现的是我们幸福的场景。你从没有提过任何要求，只是把掌心交给我，和我十指相扣，让我们的爱在指尖流转，你在告诉我，只要我们在一起，只要我们携手不分开，就没有达不到的彼岸。

如今，在这里，我写下你那时的心情，你的理解，还有你对爱的守候。你说，爱，不在于形式；你说，两情相悦，关键在于你知我知；你说，那黑色的小印，它不会倾吐衷肠；你说，你不在乎世事的烦扰；你说我们要把诚心，印在彼此的心上。

仓央嘉措的爱情遭受了太多的干扰，爱之于他，是万事无法超越的美好，亦是让他思绪打结的根本。这首诗，像是第一人称的表白，也像是人称不明的回忆，回忆当初和心爱的人在内心相互承诺、相互支撑的经历。不用现实的形式来要求对方，而自己却呈上一片真心，让他感受。这种微妙的心理活动，是那个年代里，那个纯真的女子，最最真诚的表达。世上最美的东西，一旦加入太多的物质，就失去了美的所在。

其十八

初三那日的月亮，
光芒若隐若现。
希望你对我爱情的回应，
能如十五的圆月和美吉祥。

初三的新月像黑色天幕里的一只珍珠贝壳，深远、清亮，纤云朵朵宛如洁白的水莲花在深色的高原湖水中随着夜风摇曳生姿，而这弯新月也像莲花池水中的倒影，渐渐朦胧、温婉。其实，她不属于莲花池，她属于广袤的银河天际，在繁星的簇拥下，雪莲般洁白的浮云组成了一只锦簇的花环，她是尊贵的女神，高高地端坐在中央。其实高高地悬挂着的，不只是那弯新月，还有我的心，它也高高地悬挂着，在你的只言片语间。

记得那天，我在树下冥想，忽然一阵清新的歌声绕过高耸的院墙飘然而至，嘹亮悠远，仿佛来自雪域高原之巅，又仿佛来自高山蓝天之间遥远的地平线，像一阵清风拂过一池莲花，吹散迷迭的香气，叫人沉醉不已。见到你的那一刻时间静止了，风停歇了，我的血液也凝固了。轻纱白衣的你，真是人间的女子吗？恍惚间，我好像重温了旧日的一个梦境，刹那间，我竟然分不清楚这是黑夜还是白昼，这是现实还是梦境。我说不出话来，哪怕是梦里的呓语也全都结结实实地吞了下去。眼前的你好似天山峭壁悬崖上傲然盛开的雪莲，清新、素雅；而你的眼神又像月亮上孤独的嫦娥，寂寞、忧伤，你轻启朱唇，杏眼含笑，悠扬的旋律，带着淡淡的伤感和寂寞，萦绕在我的身旁……高山流水，琴瑟难奏，这首曲子本应为神明所享吧！

一曲终了，我奔向广阔草原，朗朗诵经声抛在身后，不顾天边隆隆雷声，彼时彼刻，任何言语都无从表述，只有抵得住高原阳光，也耐得住雪域风寒的格桑花才配得上你的美丽无瑕。你就像格桑花一样美丽而不娇艳，柔弱又不失挺拔，清洌醇香却又风姿绰约。农舍旁、小溪边、树林下，格桑花随处可见，但是象征幸福的八瓣格桑花却一朵难寻，就像世间女子千千万，但如你这般清新脱俗的实在是凤毛麟角。

于是，我为你翻山越岭，踏遍草原的每一寸土地，只为找到那八瓣格桑花，为了给你带来幸福，也为了向你表达我深深的爱意。我心上的人儿啊，这八瓣格桑花才能配得上你的美。献给你美丽的格桑花，也献上我赤诚的一片心，只静静等待你的回音。我心上的人儿啊，多希望你的心意也和我一样，只要你轻轻一点头，我的世界就会银光闪耀，堪比那十五的月亮高悬在天幕之上。只要你淡淡地微笑，我们即可在真爱的旅途中起程，比十五的月亮更加圆满。

不管诗歌里的时空如何转换，季节怎样变更，仓央嘉措的心里始终保留着对完美爱情的向往和不舍的追求。虽然十五岁之后的他被安排在布达拉宫成为格鲁派的领袖人物，但是这之前在藏南的家乡，他一直过着无忧无虑的生活，在藏南的门隅地区，人们信奉的红教中僧侣是可以保留世俗生活的，他们可以结婚生子，但不影响他们虔心修行，这样的信仰和民风在仓央嘉措小小的心灵里打下了深刻的烙印，所以，即使身处世俗禁忌十分严格的黄教之中，对爱情、对美好世俗生活的追求依然在他的心中难以磨灭。

其十九

生死本无常，
人应多思量。

不观生命本真，
智者也同愚人一样。

人生本就有许多不尽如人意的地方，可不如意未必是坏，如意也未必是好。人生本无常，世事太难料。人生就在呼吸之间，总无法料到下一个路口，也无法计算应该在什么时候转弯才会遇上更美丽的风景。没人知道什么是福什么是祸，也许这次的小福是以后大祸的导火线，也许这次的小祸会是下次大福的引路者。我的命运也在福与祸之间演绎着人生的无常！

当桑结嘉措莅临门隅我的家乡，捅破了这个惊天秘密的时候，我无法想象父母心里的感受。这个毛头小子能担当如此重任吗？这个男孩初绽的爱情蓓蕾要怎么收场呢？也许父母并不知道逃离命运的安排，因为他们不知道前往圣地拉萨，端坐在布达拉宫到底意味着什么，是尊贵、权威，还是无奈、悲伤？他们，包括我都不知道这一切是福是祸。于是我带着一点期许，一丝不安和满眼的牵挂离开了家乡，我期盼着传说的布达拉宫高耸在我眼前时那激荡心灵的震撼，期待着我能够名副其实地承担起命运为我安排的使命，也害怕年少的肩膀不能承受这沉重的担子。当家乡漫山遍野的鲜花都已经凋零的时候，我带着满心的不舍远离了藏南的草原，幻想着在百顷金宫之内，众人亲身贴地的顶礼膜拜。可是我算得出开始，却算不出结局。不承想，这巍峨的宫殿竟然成为我的金色囚笼，追求纯真的爱恋竟成为我永恒的禁忌，更想不到我最初的爱恋会在我转身离开后灰飞烟灭。

谁也不知道晓峰晨雾里，草尖上的浓霜何时会消失，地上的树影何时会被太阳带到远方？花开了又谢，草青了又黄，从雅鲁藏布江的波涛到唐古拉山的奇峰，再到青海湖上万顷碧波，谁知道自然怎样安排这起起落落，朝朝夕夕？大自然也不知道，就像我们不了解人生的无常，不了解何时会了却人间所有缘分，飘然而逝。

佛语有云：人既生亦死。千人千般苦，苦苦不相同。如果不曾思量也就不曾领悟吧，苦苦设计和设想了再多，到头来却抵不过“命运”两个字。就像我，原来设想着认真地聆听梵音就能够触摸到佛法的权杖，可音符刚刚开始便画上了休止符；本想远离莲花座去寻找纯真的爱情，却不承想达赖的身份使我迷失在追寻的道路上，只得伤痕累累，慢慢折回。人生的路上谁也不知道下一站的风景，是喜是悲，是福是祸。若参透了这无常的人生，还有什么不能淡然面对？或者这迷途，这伤痛便是人生必经的路途，直到终了一生，难免一死，如深知这人生无常，想必也就能够像智者一般明晰、淡定了。

佛法禅宗之于仓央嘉措，自幼便不陌生，即使难免世俗之心，参悟佛法教义也并非难事，这首诗中对困扰仓央嘉措的人生问题，诸如爱人的离去、空有虚名的达赖身份只字未提，却表达了他对人生诸事的态度，因为他深知人生之无常。也许在为失去某些美好的事物或者诸多艰难抱怨的时候，就忽略了草原上的格桑花早已开得漫山遍野，那烈日高阳、茫茫雪山、深幽古寺依然静立身旁，从不曾离去。

其二十

手里握着宝贝，
从不知是宝贝。
唯有失落不可寻，
才知曾拥有奇珍异宝。

凡人啊，总是会犯这样的错误，珍宝在手总见不到它的好，非得等到失去以后才痛彻心扉，捶胸顿足，好不懊恼，正所谓“莫将容易得，便作等闲看”。仓央嘉措的情路走得总是曲折，你一生悲怆，想来其中也免不了有些将异宝等闲看的傻事。

这被你当作“珍宝”的姑娘，是否也是你提过的仙女艺卓拉姆？你的诗词中已经失去了爱情的甘甜，那浓浓的愁绪萦绕在你的笔尖，只剩苦涩遗憾。这爱情有求之不得的苦，也有这得之易失的恼。芸芸众生多少人，手中握着幸福却浑然不觉，还只顾遥想着不属于自己的风景。

仓央嘉措，那时的你迎着世俗的绚烂光华义无反顾地踏入这滚滚红尘，可曾想过那美丽的情花开得越艳越是要人心尖上的血一滴一滴地灌溉？你可曾想过，你遇着的姑娘会一个个离你远去。你情歌中的沉沉音调感染了整个拉萨的情调，那街巷酒肆里从此飘出你忧愁的叹息。

然而这一切似乎不能让你回到那圣严的殿堂中，你的心仍是一汪春水漾着情爱的模样。只因这世间之情，至乐与至苦你都领略过，布达拉的金顶，佛灯的光芒也温暖不了你因失去至爱而冰冻到谷底的哀伤。

佛说人生有八苦：生、老、病、死、怨憎会、爱别离、五蕴炽盛、求不得。这佛家八苦，唯有这“求不得”最难超脱。渴求的东西，只可远观，甚至连观也观不得，只可放在心底。你修得一世佛，却苦这一世情。你少年的心不知何去何从，一切的情苦从你降生那一刻起便已注定，有些事你必须拥有才可放下。为远离那爱别离的苦，你须历经千万次的生离，方可离无所离；为免受那求不得的痛，你必有万种所求无一所得，方可得无所得。

藏族百姓对这位深情的活佛满怀宽容。如今拉萨的酒肆仍有人唱着仓央嘉措率真的哀愁，就同藏族的民歌一样，表达的只是凡人的所欲所求。

藏族的民歌比西藏文字出现得更早。在遥远的古代，藏族人民就常常用最质朴的民歌来表达自己的感情。

藏族的民歌思想内容丰富而深邃，并通过卓越的艺术形式表现出来。无论是逢年过节，还是收获喜庆；无论是在家中休息，还是在田间劳动，都会唱一首表达情感的歌儿，浪漫而多情。藏族民歌音调悠长，音域宽广，节奏自由。劳动歌曲，赞美山川、河流，歌颂生产劳动；生活歌曲，歌唱男女之情，歌唱对人、对事、对生活的爱憎之情；而酒歌则在喝酒、敬酒时演唱，载歌载舞，饮酒人按照歌声和词意依次完成接酒杯、用无名指向天上弹酒三下、喝三口酒、干杯等程序。

听着那嘹亮的歌声，广袤的大自然仿佛进入了心中，连灵魂也变得纯净。著名藏族诗人伊丹才让曾在他的诗中写道：“母亲脱口的那首歌，成了我毕生的盘缠。”

人间最美的情郎，为雪域的欢歌留下了最动听的音符。

其二十一

情缘如花自开落，
缘来缘去莫悲伤。
即使流连花间的蜜蜂，
也不曾为春去花落而悲伤。

人间最变幻莫测的莫过于人心，阴晴不定，来去无踪，却锁着另一个人的命运。人说，心之所至，情之所系，在劫难逃。在最初的时候，满园春色，缤纷花开，娇艳整个季节。蜜蜂的繁忙，从这里拉开序幕，在整簇整簇的鲜花里穿梭，兴致盎然。蜂儿兜转于各色花香之中，彼此匆匆相识，亦是匆匆别离。

然而，也有这样一只蜜蜂，在百媚千红里它只选一种，在自己的钟情里坚持。艳丽，是一种香艳的涂饰，剥夺了视觉安静的权利，时间久了就沦为没有品位的招摇。痴情的蜜蜂不会在这里停留，它的选择在暗色调里，那优雅的绽放让它无法拒绝。

同在天涯沦落，偏在此处相逢。无须跨越隔绝，心与心的交流在沉默里进行，衷肠也无须掩饰，直达灵魂的最深处。既然已经过了花开的时光，就无须固执地停留，伤心也不必让生命从此失色。蜜蜂，在季节的尾巴上释怀。

我也要重新翻读我的情感，坦然面对一切缘来缘散，就在痴心的昨天，该做的努力我已做过，明明感觉着两颗心在使劲地靠拢，温暖着彼此，可这温暖如那罂粟花，曼妙妖娆，让人迷失。努力就在这迷失里乱了方向，再走不出心墙，再也不知爱恋如何继续，靠近却在远离，远离渐渐造成隔膜，直至一天才恍然大悟，我们再也回不到从前，回不到彼此的生活。于是，再也找不到坚持的理由，不得不含泪说再见。

是什么让一份情由浓化成了淡，是谁在醉酒间将鸳鸯谱乱点破坏了这份姻缘，让它成了永久的遗憾。一条路走到了尽头，该怨恨世事的无常还是该感谢这份残缺成就了另一种完美，在你们同赴教堂的时间里，我无语独倚西楼。弹一曲《缘难留》，诉于夕阳，从此与君别过：

时间空自流，缘分难收，花开只有一季，已然成回首。生命短暂，任他万事付流水，心事终难成。相思点点，爱花开到荼蘼，我却两手空空，纵使天长地久，也不过是空头言语。从此于君别过，今生，千万情绪默默不再与君说。

这首诗歌将蜜蜂的遭遇和自己的经历联系到一起，由此及彼，联想开去，同病相怜产生的共鸣超越了物种，在精神的领域里交流。当年泪湿青衫，如今泪湿百山。

握不住的情缘在指尖走远，人与蜂儿都将季节错过。命运将伤心种在心上，不想苦苦追问，只有自我疗伤。聚和散都是人生的劫难，因为在天地之间，人卑微到了尘土里。原本无情感的蜜蜂在这里也有了被时光抛弃的感觉，错过的季节也就是错过的人生。潇洒，有时候不仅仅是一种释怀，更多的是种无奈。

其二十二

高僧大德为我引路，
引向大彻大悟的佛法正途。
可我那颗迷乱的心，
偏偏将我引到情人身边。

我回到寝宫，镜中的自己容颜沉静，一副大德模样，佛在心底，可心底依然空空。我问那镜中的大德，何处是我心的去路？

我举起手中的经筒，心中默念着佛的智慧。我吟诵着经文，寻着佛祖的面孔，却为何迟迟无法显现，倒是那年的门隅，那年向日葵地里迎着日光的你的脸，胀疼了我的心。

那年，我还是副俗人的模样。我转过弯在那片格桑花海里撞见你。那时你仰起头迎着太阳，乌色的发辫像酥油一样亮，眼波是圣洁雪山的光芒。你浅浅笑着，问我的去路。我只说我去寻喇嘛的宫殿，可现在，我只想住进你的心里。

我住进了喇嘛的宫殿，我住进了你的心里，可这宫殿沉沉的夜色暗淡了你明亮的眼，佛前长明的酥油灯再也无法胜过你那浅浅一笑的光明。

佛必在我心底，而你便是佛的样子。我再不见神台上佛的慈悲，却只看见你日日等待的无奈与凄凄的哀伤。我可以走出这高高的殿墙，与你在俗世的烟火中穿行；我定然要走出这高高的殿墙，与你在俗世的嘈杂中相伴。

你便是我心中的宫殿，你是我佛心的去处。

手中的经筒不知何时停下，我睁开眼，低垂。我抬头见镜中的自己，容颜沉静，一副大德模样。夜色降下，那镜中的喇嘛只剩隐隐的轮廓，而窗外圣洁的雪山刺伤了我的眼。

据说这情诗是六世达赖仓央嘉措的悲愤之作。那年仓央嘉措夜出与情人会面，却不巧被宫中一喇嘛发现，于是布达拉宫便派人处死了他的情人，还将他禁锢。从此以后，仓央嘉措心中的佛便被他深埋入心底，悲愤之下写就此诗。

仓央嘉措十四岁被认定为五世达赖喇嘛的转世灵童，天资聪颖，才情卓越。师从名门的他成为一代圣贤智者本非难事，然而许多年后，人们关于他的记忆关键字更多的是“才”与“情”。作为修持佛法之人，仓央嘉措的情诗能比任何红尘俗世的抒情更加打动人心。他的诗就如同藏民的性格一样质朴深沉，情感纯粹直白。也许正是这种最质朴的直白，才能使每个人都在心底产生共鸣。

这首情诗用最简练的词语写就了他对情人最深切的思恋。相传这位情人是仓央嘉措在十五岁正式成为达赖喇嘛以前在家乡与其热恋的女子。仓央嘉措的家乡门隅本就是个情歌之乡，男欢女爱于儿时的他而言早已不是那样神秘。带着年少澎湃的热恋进入单调枯燥的寺院，于一个血气方刚的少年而言实是一件残忍之事。这也许正是他的诗能打动人心的另一层原因。他总是以一个“人”的身份在表达自己的情感，而不是一个“佛”，因此，哪怕作为西藏佛教密宗的最高领袖，他也可以如此毫不犹豫，如此无畏地告诉全世界：“哪怕我时时修炼的是佛法，哪怕我的情人从未被我放在口中吟诵，但时时在心底的却是情人，不是佛。”这就是仓央嘉措，他“凡”，却既凡而圣，超脱名利追求心灵的最高诚实。

“凡人”方为我所爱，因我亦是凡人。

其二十三

与情人肌肤相亲，
也摸不透她的真心。
还不如天上的星星，
用观星术就能算出数目。

最难忘的也许就是爱情最开始的模样，你第一次微笑的那张脸庞，我的心全然不顾佛法、教义、人生的方向，只想一直静静看你，一直到老。你说把爱渐渐放下一点，我们就不会有太多苛责和抱怨，也许是年少的我还不能把握爱的速度。只想把这两颗心揉捏成一个，你也会将真心赠予我吗？我心上的人儿啊，如果说爱只是在怀中缱绻，只有肌肤相亲相拥，那么又有何意义？

人有悲欢离合，月有阴晴圆缺，在宇宙沉浮中、浩瀚星海中见证过喜怒哀乐的月亮，是不是也见过我这个为了相思而日渐消瘦的人，她能不能把我从迷途的路上带向光明的方向？如果月亮能够，是不是也能告诉我，在她心里我到底是独一无二的雪莲花，还是难以下咽的糌粑？

藏区高天上散落下大颗大颗的雨滴，却不像是一场雨，倒像是顽皮的孩子从天上撒下几颗珠子，掉落以后又匆忙地收起，划过云际却也不忘涂鸦一片，直到彩虹在云端出现。银河两端的牛郎织女，每到七夕便有喜鹊为他们搭建一座仙桥，让他们人儿相见，心儿相会，而眼前这座彩虹桥是不是为我的痴心搭建，也能让我飘渡过去，到你的心里瞧一瞧，体会在你心里我是否也一样重要！

佛教我怎样顿悟，上师也曾令我醍醐灌顶，只是对你，为何总有千般万般猜不透，想不到。浩瀚星海一如你调皮地向我眨着眼，笑着对我说好久不见。真的好久不见，我的心萦绕着常青藤一样的想念，裹得我无法呼吸，没有你的空气。爱像浓烈的青稞酒，对饮一杯便沉醉一世。醉梦里也好，宛如摒弃了多少烦恼，不必花心思去猜测。其实我多希望化作一滴血，流进你的心脏，就算肉体会消失，那又何妨？至少我能看见你心的模样，看它是不是也像我一样为爱痴狂。

因为太想拥有，因为爱得太用力，因为付出太多，因为惹来太多忧伤，因为太渴望爱得纯净，爱得刻骨，爱得毫无保留，爱得执着忍任，爱得一往无前，爱如空气一般不可失去，爱到无法呼吸。假如这样的心换不来你的真心真意，那么倒不如真的放下，坐在佛床前，诵经书，读教义。在夜里数星星，只要认真地记录，相信总有个数目，可是你的心呢，我要怎么去了解它的定数?

年少的仓央嘉措，好像旷野的鸟儿被关进了牢笼，神圣的光环没有带给他想象中的威严和权势，反而带给了他初恋破灭的伤痛，一直到偶然间伤痕未愈的仓央嘉措，在少女达娃卓玛的眼中再一次找到了可以自由翱翔的天空。像所有年少的人一样，爱情的美好给了他重新站起来的力量，但是爱情刚开始时那些朦胧却让仓央嘉措的心里深感不安。有的感情需要收藏，而有的感情需要的是释放，但爱情刚刚开始的时候也许没有人知道该怎么去把握，是张是弛，是收是放。这首诗歌，表达了一个纯真少年在爱情里所遇到的烦恼、希望，淡淡的无奈和忧伤。

其二十四

寒风吹过田野，
秋草挂了白霜。
这冷酷的严寒横扫世界，
使蜂儿与花朵不能永相守望。

世上的爱情最后的结果无非两种，要么相守一起，要么天涯陌路。当然，现代社会无法避免的两地恋情，自然也属于第一种。心若不在一起，或是经常貌合神离，两个人哪怕天天厮守，也不过是打发寂寞的无意义手段。空间的距离是很容易跨越的，寂寞是种缺失，心若在一起，就是一种完整。

很多的爱情是由完整走向缺失的，原本的相爱被时空消去了最初的热情，不再有相思的缠绵之苦，也不再盼望着相会的甜蜜心跳，渐渐地，彼此之间开始忘却，在各自的世界里寻找新的精神安慰。这种渐行渐远的爱情，可以说是输给了自己，到最后即使再留恋，也不过是对曾经的美好的留恋，留恋的是那种爱情的感觉，已经无关乎当初的爱恋对象。

还有这样一种爱情，却是由外力和时间带来分离的痛苦。就像蜂儿恋着花朵，热恋的味道还没有散去，就要面对季节的更替。茂茂草上的白霜宣布了它们相爱的时间界限，寒风的使者也是无情的杀手，只管按部就班地履行自己的事，面对着时间的催逼和外力的压迫，除了从此香魂两地离分，它们还能选择什么？

如果说，相爱不是一种世俗的相守；如果说，真爱是不受任何限制的心与心的交流；如果说，灵魂的拥抱本不会被外力干扰，能够跨越生死，可是，在心间，不在眼前，怎舍得让对方也咀嚼无尽的相思苦。其实，很多时候，我们世俗的人真的很想超越一切为爱活一次，可是我们也害怕被时间和外力阻隔，因为没有谁知道另一世界在哪里，也没有人知道，在那里我们是否就能无所顾忌地相爱，我们无法实现的情缘是否就能被成全。我们害怕一旦松开相爱的手，就再也没有机会相遇。不是说在佛前苦苦求五百年才换来一次擦肩吗？我们真的很害怕错过了今生，就再无法把握来世。

我们的心不过是渴望成全，哪怕仅仅是催逼的脚步再慢些，让我们有时间记住相爱的人的味道，记住爱的味道。

仓央嘉措，经历着这样的境遇，一个人踽踽独行，不自觉地想到了情人以及与之相关的事情，其中的思念随着彼此被分开，不但没有淡去，反而愈加浓烈了。他就是这样一个痴情的人，在看透人间纠葛后，依然保留着内心最深处的坚持。

仓央嘉措，面对爱情时很是纯真，就连面对被拆散也是如此，没有过激的言辞指责，也没有对所谓不公的指控，他只是含着幽怨独自品尝悲伤，不过是在某个时候秋风再起，花瓣飘落时借他物来表达一下心绪，也是适可而止的。他也许清楚地认识到，再多的同情对于蜂儿和花朵，也是无所谓有无所谓无的。

其二十五

修行佛法要放下，
心中偏偏放不下。
若能忘却情人的脸，
即刻成佛也不难。

我静修止动修观，但这本尊菩萨迟迟不显，反是那情人之貌日日浮现。我已成佛，只是这修得的正果是你。我是万般的无奈。我念念不忘的心总得有个去处，眼前即有一个，那便是入定修观，可偏偏就是这样的修持也无法将我从思念里拯救。此时的我更愿意成为灵台上那双目低垂无生无灭的佛，也许只有这样，我才能穿得过那思念的网。我若未遇见你，只管年复一年日复一日地修行，那我也便洒脱，肉身成佛，可偏偏我又遇着你。

这首诗与前诗其实是一分为二。仓央嘉措的这几行诗似是印证了那句古话：“不俗即仙骨，多情乃佛心。”

不论你信与不信藏传佛教传奇的僧侣轮回之说，你都可以将仓央嘉措视作大德之佛的化身。他的不俗除了指他那冠绝历代达赖喇嘛的才情，更在于执掌西藏政教大权的他竟能不受名利所累，追求心灵之至上乐境。他的多情之苦练就了他的佛心，而佛成正果又何尝不是经了世间肉身之苦而终入大乘之境？

我们读着仓央嘉措的诗，有时不得不想，他也许真是那个普度众生的菩萨，以情爱之身，度万千情爱之人，于是，仓央嘉措的情爱便超越了小儿女的痴情，功德无量了。

又或许我们还是想得太多。他的确只是个修佛的凡人。他爱上了一个人，就如同我们爱上了一个人一样，会日日思念，时时牵挂。有哪个人爱着一个人却思之不得的时候不会辗转反侧呢？在这样的境况下，你难道没有着恼的时候，恨恨想着“我就是要忘记你再也不想”或“要是我用这想你的心工作，不知能干出什么大事业来呢”，但你不是要真的忘记，就好像仓央嘉措并不是真的在意用念念不忘的心修炼是否能得成正果一样，只是这万般的无奈化成的情苦教人如何释怀？还不如当初没有遇见你，就算遇见你还不如跟你只是淡淡来淡淡往，不熟最好，这样也不会害得我如今这般相思萦绕……

“若将我念念不忘的心，用以修佛，何愁今生此世，修不成正果。”读着这样的诗句，你哪里能看出这是一个活佛？藏族百姓们常说：“莫怪活佛仓央嘉措，风流浪荡。他想要的，和凡人没什么两样。”是啊，他转山转水转法轮，转了一世又一世，仅仅是为了那个梦里的姑娘，佛只是我思念的依托，如那万千藏族百姓叩出的一路长头，为的是平安和乐一样。但既是如此，命运又为什么给我这样的安排，让我成为一个活佛？既然那家乡美丽的格桑花海，母亲温柔的抚摸，还有那情人明媚的笑都注定非我所有，命运又为什么给我这样的安排，让我体验得这俗世多彩？佛爱世人却容不得我爱一个凡女……情缘佛缘，我明明有取舍，却为什么挣不开，解不脱，这般纠缠？

仓央嘉措是凡人也好，菩萨也罢，传奇人物的命运自有传奇的解释。口耳相传的诗句在这里只为我们开启一扇探究的窗口，窗外景致如何随你的心，无论怎样，得见了便是风景。

其二十六

来拉萨游玩的姑娘多如天空的轻云，
琼结的姑娘是其中翘楚的一群。
我愿与琼结的姑娘相爱，

谁最喜欢我谁就是我的心上人。

在鎏金的布达拉宫，我是最高的领袖，在众人眼中，我是他们的最高信仰。家乡的朋友从小就向往神圣的拉萨，慈祥的父母因我而荣耀，但是谁知道，在我心中，布达拉宫再美丽也比不上家乡的小屋，布达拉宫再辉煌也比不上达娃卓玛眼中的光芒。

在拉萨八廓街，人潮拥挤中，我总在寻觅你的芳踪，在街头的小酒馆，欢歌笑语，和年轻的朋友推杯换盏，在甜美的情歌中聆听你的嗓音。在热闹的聚会上，你是佳人达娃卓玛，走出布达拉宫，我是浪子宕桑旺波。

琼结的达娃卓玛，我梦中的情人，你的歌声就像是雪山上的一泓清泉水，汩汩地流向玛布日山这片土地，也流进了我的心里。你的眼睛又黑又大，好像黑葡萄酿成的美酒，顷刻间让人沉醉，你的眼睛穿过人群，低低地向我说着情话。琼结的人儿，倾国倾城的达娃卓玛，拉萨城中你最漂亮。云间的仙鹤啊，能否借我一双翅膀，我只想带我的爱人看一看远方；高山的雪莲啊，能否让我带一缕幽香，我只想让我心爱的人儿啊，也感受这绝世的花香；清澈的圣湖啊，能否让我汲取一捧湖水，好让我的爱人品味圣湖的甘甜。只有这世间美事才能配得上我心中的佳人！

十几岁的少年便经历了身份和人世的变迁，在仓央嘉措年轻的生命里，忽然到来的荣光和悄然而至的悲伤交杂在一起，这独特的人生体验，让一个花季少年过早地体味了人生的无常。

仓央嘉措，十五岁之前他不知道自己的命运会在哪里经历分岔，更不知道自己会和活佛这两个字有什么关系。荣光降临之时，一个十几岁的小男孩可能会有一些幻想，以后会在万人之上，受人敬仰。这些他都得到了，却也失去了他自己本来的一颗心，那颗心向往自由，那颗心属于一个少年，那颗心追寻人间所有美丽的事物，那颗心属于纯真的自然，那颗心将会在布达拉宫慢慢老去、死去。久居深宫的仓央嘉措终于知道，他只是须臾的雪域之王，但是他依然要追求永恒的人间之爱，于是他化作了浪子宕桑旺波，和年轻的朋友们对酒欢歌。在拉萨街头，他遮掩住布达拉宫上的尊荣，寻找像万丈高原阳光一样永远炽烈的爱情，终于他遇见了达娃卓玛，情歌对唱、眼波流转间，他看到了爱情的光芒！从此，仓央嘉措的心活在一个琼结姑娘——达娃卓玛的身上。时间不曾停留，在岁月的转角，三千弱水他只取这一瓢。

其二十七

为你写下的情信，
雨水淋过就洇黑一片。
我对你的思念，
即使涂抹也不能损伤一点。

推杯换盏，几度春秋，在人生深处，无语凝眸。西天外，暮色苍茫，梦中的人儿，回首来时的方向。也曾捎去锦书，笔墨在岁月里模糊，心中的记忆，却永刻心间。

在没有触及爱情时，爱情被想象成情书的往来，眉目深情的流转，满满的甜蜜说也说不完。也听说，指尖的温柔，像是天空的闪电，让人愿意放弃所有来换取一个天长地久。彼时的爱情，像挂在天边的月亮，是一个用来仰视的珍品，圣洁、光亮。

后来，在我毫无准备的情况下，你渗入到我心里，那是一个渐变的过程。对你，我的心像是在饮一口慢性的毒酒，欲醉欲仙时，彻底地将心沦陷。此时，我已不再想象爱情的味道，它像熟透的庄稼的气息，自然地从内到外散发，裹着太阳的味道。只敢在那低垂的头颅里，让人舒心。

可是，随着年龄的增长，我们的责任和义务也在增长，我们无法停留在原处享受着耳鬓厮磨。周围的人都在说着现实的问题，吃喝住行的需要都要有人的努力才可以满足。虽然有千般不甘万般不舍，我们也得面对现实，这也是让我们的爱在现实里沉淀的最好方式。于是，我们不得不放弃你侬我侬的相依相偎，你必须做出行动，也就是暂时远离，去打造一片我们的天地。

虽然这一切的到来有了很长时间的酝酿，但那一天的这个决定，还是让空气突然就凝固，让人感到了两地相隔的疼痛。“多情自古伤离别”，还没有张口道别，泪水早已涟涟，饯别的宴席沉重得让人无法呼吸。那一曲长亭送别，在我心里成了永远无法抹去的记忆。

从此，鸳鸯两地栖，蝶儿独自飞。万水千山，只为一个目标——相聚日里永相伴。从此，锦书频传，相思密递，阅读对方的来信成了生活里唯一的乐趣。看着你书写得深情的小字，心儿稍稍平静了一会儿，可是，泪水却把字迹模糊，真怕它冲去了对你的思念，赶紧去擦拭，才发现模糊了字迹，却无法模糊记忆。你的面庞隔着泪光更加清晰，不可能抹去。

有时候，誓言是不需说出来的，说出来的誓言不过证明了说者的不确定，对未来不确定时他才努力确认自己。没有说出的誓言，倒是一种深入到骨子里的坚定，是绝对的一诺千金，特别是无意间发现自己已无法也无心脱身的相许。

仓央嘉措的情总是淡淡里带着坚定，对于爱，他已经学会了回到本真里，回到琐碎里，回到和谐里。就像他能在自然里找到本真一样，他在爱情的领域里永远向往着本真，没有喧哗，也没有雕饰，只有心底最初的感觉。

其二十八

十五的圆月化作清瘦的弦月，
宛若失恋姑娘忧伤的脸庞。
月宫玉兔般美丽的姑娘啊，
忧伤地想使生命当下衰亡。

在不经意间，抬起头，看到天边挂一弯月牙，我总以为是哪个美人在天幕上扣下的印记，记载了她当时的忧伤。时间可以抚平忧伤，却无法让伤口痊愈，结痂永远在那里炫耀它的威力，所以，弯月在时间的长河里总是时隐时现。打开人们的心灵，也会发现，自古以来，最伤莫过于情伤，它婉约凄清，缠缠绵绵，有始无终。谁一生若躲过了情伤，他的一生也就没有了心灵的苦痛。

月望月朔，盈亏有序，那是所有人公认的规律，可我也见到了这样一个让满月无法圆满的姑娘。她也许正在经历着最复杂的情绪，也许只是又一次想起了过往。万物在她的心里，都是与己无关的实体，却牵扯到她的情绪。风起了，她就好像捧出了心任它在风里颤抖；天下起雨了，她就陪着天一起哭泣，就连那四季的正常流转也被她涂抹上了浓郁的忧伤，以至于当头一轮明月，在她眼里也幻化成了清瘦的弦月，映照着她失恋的脸庞。我看到了她眼里闪着的泪光，像是流了几千里，身前身后都是她无法抑制的情殇。

望着月光，总让人想起嫦娥，仙子轻盈的脚步，还是踏碎了天上那池盈盈的忧伤。望着月光，总让人浮想起月宫里的玉兔，洁白里透着缥缈，似梦非梦，美丽得非同寻常；如今，虽有玉兔相伴，托出的月亮总是不比以前的亮堂，心里的灰色，凋谢了如花的娇颜。眼前的这位姑娘，怎么也如这月光一样消瘦凄清，好像被忧伤折磨得瞬间衰亡。

永远没有一剂治疗失恋的良药，拯救美丽的人儿走出无止境的忧伤，也许这就是现实的残酷。这是从过去到现在，有情人永远逃脱不了的宿命。有人说，“情到多处情转薄，而今真个悔多情”，可是，倘若真的后悔了，真的要做个薄情人了，怎么可能说出这么深情的话来？这不过是，情到浓时的无奈罢了。

人常说，由最爱的人带给自己的失恋是最狠毒的惩罚，它会让天地顿时失去光泽，整个人像是被掏空，心被揉碎，却无力抗拒。可是，又是谁舍弃了这样一个美丽的姑娘，独自浪迹在天涯，不管身后的美人，她早已元气大伤。

仓央嘉措这首诗歌里，满溢着凄清，从诗歌的意向来看是美丽的玉兔和姑娘，色调却是冷冷的白色，情感和失恋、衰亡紧扣，在无声的夜里，有着姑娘最深处的哭泣。仓央嘉措的很多诗歌，不过是诉说相遇的惊喜和别后的思念，这里却是无法着色的凄清，有一种寒气渗入肌肤。到底是姑娘失恋的忧伤引起了诗人的联想，还是诗人自己的忧伤借着姑娘的意向表达出来，诗人怜惜的心是指向失恋的姑娘，还是一种自我怜惜，我们无法准确地得知。只是在尘世里，诗人和多情的姑娘，谁也逃脱不了情感的纠葛，来自于外界，或者来自内心。

其二十九

姑娘一定不是胎生肉长，
恐怕是桃树枝上长成。
枝上桃花易落已是无情，
即使这样的花朵都比姑娘有情。

美妙的爱情，在唇边悬挂了很多年，却怎么也无法给它一个确切的定义，启齿闭口间，总是欲说还休。世上最折磨人的也是这个让人羞怯的字眼，进退左右总也把握不了分寸，惹恼了她青稞芒针似的心。

初次遇见爱情，她神秘得让我欢天喜地又手足无措，紧紧跟随她的脚步不敢有丝毫怠慢。那时，所有的心情都用来思忖引起她注意的方法，还会痴痴地制造些偶遇，让我们的故事带上缘分的色彩。相思难耐时，再用眼泪写首动情的小诗，或是无怨无悔地为她做件轰轰烈烈的大事，那是只有在青春年华里才做的事。这为爱做出的努力，讲述时足以感动村头不识字的老妈妈，因为，每次她见到我时总笑得像山上灿烂的花，还会说些鼓励的话，叫我像个丈夫一样坚持。

后来，爱情的石头真的被我的热情融化，她说不上欢天喜地，却也将装满心事的门打开，让我看到了里面的精彩。在牵手后，我把爱情理解成了简单的事情，在简单的生活里演着主角，未来被我想象成平坦而阳光的大道，通向爱的美好未知。珍惜是不必说的，感恩也是要有的心情，我告诉自己要在生活里好好地阐释爱情。

可是，你可知道在冰封的冬季过后，三月的桃花，出脱得粉嫩而无娇媚，一尘不染里透着坚贞，却经不起些许风雨，当细雨沥沥时就远离了枝头，随流水漂浮。我心爱的姑娘的情如这桃花，欺骗了我，给我一个美好的开始后便再也捉摸不定。就在一秒前还看到她的笑容，怎么这会儿又哭得梨花带雨，她的情绪是无法预测的天气，任凭我费尽心思，彼此的距离也是山山水水又一重。

我隔着时光，寻找先人的记忆，在他们的经历里，却原来也是在分分合合、聚聚散散里“执手相看泪眼”，抑或是

“不是爱风尘，似被前缘误”的幽怨，我默念着“而今才道当时错，心绪凄迷”时，才发现任那光阴似流水，我不悔今生为君生。只是，面对心爱的姑娘，我还是不知道“东边日出西边雨”是怎样的心情。

这首诗里，流淌着稚嫩的孩子气，一个青春美少年的形象呈现出来，这是他初次遇到爱情，面对姑娘多变的心思时显出的手足无措让人觉得可爱。女儿的心思到底难猜，是是非非都揪着他的心绪，旁观的人倒羡慕他这样的幸福，因为它只出现在我们的青涩年华里，一辈子，就一次。

仓央嘉措的语言带着色彩，桃花的粉嫩映衬着主人公的年纪，还有在那个年纪里独有的微妙情感。似恼非恼、似怨非怨，那别样的情里有着最宝贵的青春。也许，许多年后，再回首时，这将成为难割难舍的记忆。

其三十

心中默想真佛修炼，
怎么也记不起佛陀的容颜。
没有思忆爱人的笑靥，
她微笑的面容却在心底浮现。

人世间情与爱总有迹可循，愁与苦却往往无计可施。既然命运让你我相遇，却又偏偏为何让我身居佛院高墙？在日复一日的诵经中期盼也成了奢望，在年复一年的修行中相聚也成了惘然。不是曾经指苍天盟誓，许下永恒的诺言？不是曾经对大海许诺，立下不变的情话？不是曾经在岩石上刻下我们共同的名字？总以为我们的爱会抵过海枯石烂、沧海桑田，可是我忘记了，晴天雨天，风霜雨雪都无法阻挡时间的消磨；千里万里，恋人最怕的就是距离的远隔。

世界上最远的距离不是我是飞鸟，你是鱼，我们只能共享片刻的欢愉，而是我在你面前，纠结着却说不出我爱你。世界上最遥远的距离不是我纠结着说不出我爱你，而是我说出了爱，却触摸不到你。世界上最远的距离不是我触摸不到你，而是我能够牵起你的手，却因为心中有太多的犹豫，最终只能任你从我手心滑落。世界上最遥远的距离不是我假装把你的手滑落，而是脑海中只有你的倩影，却还在骗自己只是不经意把你想起。世界上最遥远的距离不是我骗自己不经意想起你的模样，而是我在众人前，你在众人间。世界上最遥远的距离原来就是一个字的距离。

天晴、花开，微风抚慰，鸟语、虫鸣，阳光跳跃，我在经殿，众多喇嘛在我身边，我看着他们的嘴唇一张一合，学着他们的节奏抑扬顿挫，绛红衣裳，金色帽冠，诵经拜佛，一日终了。高高佛院墙，漫漫青纱帐，喇嘛心上，万丈彩虹抵不过一瞬佛光，而我心里却只有莫名的惆怅，惆怅得不到的，惆怅已失去的，惆怅心里、眼里的那个你。

传说，那遥远纯净的天山之巅，是痴情香妃的永远故乡，听说那明如镜般的青海湖畔，住着笑靥如花的姑娘。人生如此漫长，我甘愿一生一世，和身边的喇嘛一个模样。四面高墙，诵经烧香。明朗星空洗去了白昼铅华，却掩饰不住我内心的冥想，新月上的幢幢树影，不是玉兔在捣药，绰约身影不是嫦娥在凭栏远望，那是你的脸庞深深倒映在我心上；点点繁星不是仙后座的星宿，不是指引迷途之人的北极星光，我能看见，那是你的杏眼，仿佛对我说话。原来有一种感情不需要日日夜夜修行，只惊鸿一瞥，心意乱，斩不断，眼里、心里、神龛之前多了一个你！

喇嘛是佛的化身，我是佛的转世，为何喇嘛口中的教义却像诵经殿的佛香一样随着清风慢慢散开，又聚集，绘成了你的模样？

依然是仓央嘉措惯用的表现手法，用两句话突出了矛盾的核心，佛陀常常在身边，可他却不知道他们长得什么样，心中的玛吉阿米已经多日不曾相见，她水莲花一般的笑却终日在脑海中挥之不去，墙角的蜘蛛好像也明白他的心事，用丝线编织她的名字，天边的流云也了解他的心思，片片汇集仿佛她的笑靥。佛陀在身边，玛吉阿米却在心上。

其三十一

纯白的睡莲轻轻绽放，
映满世界吉祥的光芒。
格萨尔莲花果实将熟，
飘逸满园甜蜜的芳香。
在寂静美好的日子你独自忧伤，
只有鹦鹉哥哥我悄悄来到你身旁。

有一种美丽，它从不讨好献媚，决然地保持着纯真。它在每一个日升日落里明明灭灭，像四季的轮回那样不经雕琢地自然存在，不去苦争春，也不为群芳妒。这是一种宁静的生活姿态，它会在人们最需要的时候为他们拂去尘世的烦扰，让孤单裸露的灵魂有了驻足的空间，让人找到内心深处的和谐。

这样的美丽，常常让人想起莲花，它进入到很多多愁善感、生性高洁之人的灵魂深处，在古诗雅词里幽幽地散发着淡淡清香，沁人心脾、绵延流长。这种美，身处喧闹时容易被我们忽视，因为那种情况下姹紫嫣红的视觉刺激让我们的心性表现出向外延展性，让我们在追求中陷入浮躁；然而，莲花的魅力在于，当我们回归内心时，它能激发我们对自身的反省。

又是荷花飘香的季节，白色的睡莲润洁的光泽映着如玉的月光，照彻整个荷塘。在那片世界里，太多的嘈杂成了让人生厌的打扰。带有灵性的格萨尔莲花果实，渐渐饱满起来，有心的鹦鹉悄悄来到荷塘边守候。也许，它在白色睡莲的光辉里，看到了圣洁和美丽，不忍搅碎月光，选择了默默欣赏。

我有幸遇到了一位像荷花一样的女子，她“冰心玉色正含愁”，一身飘逸如出凡尘，在最美丽的年龄里沉醉。她的目光总是静静地眺望远方，像是等待着前世修来的相遇。我不知道上天是怎样的安排，不知道谁和谁才是为续前缘而生，也无法明晰自己又是期待着什么。就这样，她站在远处看风景，我在远处看着她。

曾想托清风给她送去问好的讯息，或者是让明月照亮她的心扉，好让君心似我心。也曾想琵琶弦上说相思，又怕用心反被女儿误，道我轻佻难解释，负了我的相思意。如今，我在心里将知心的话告诉了她，也担心人去梦成空。这样的女子，也许只有这样的方式，才能得到欣赏的权利，亵玩的心思会让圣洁变得龌龊。只是，天长日久的牵肠挂肚，向谁倾诉？

仓央嘉措的诗，很多都是简朴直白的，总有点元曲的味道。而这一首，却在保留了那份真纯之外增添了脱俗的感觉。诗歌中的意象是洁白的，白色睡莲，还有睡莲下面的水都透露着洁净，在月光如水的晚上，诗人小心翼翼地来到这个安静的荷塘。诗人心中所想的事、眼中的景和意中的人都是圣洁的，和他“悄悄地来”成为一体，荷塘里的水汽氤氲成他的情绪，倾泻成诗。

现实尘世里行色匆匆的人，无法读懂这样的诗，心怀利益的人也无法真正体会“鹦鹉哥哥”的情，他们像是从遥远的记忆里走来，俨然一股文人雅士的风气，带些许似曾相识，被怀有逸兴壮思的心灵捕捉。

其三十二

空行母酿的酒浆非比寻常，
收集党参上的露珠和雪山的冰水，
加上甘露发酵方才飘香。

念诵着神圣的誓言饮下此酒，
远离邪魔鬼畜身受吉祥。

青草和野花的气味混合着酥油的香甜气息，被吹过原野的风裹挟着穿过空空的宫门来到我的身边。这是世俗的味道，是你的味道，多么令人眷恋……修一世佛，这心还是恋着世人。不论是普罗大众还是那个我无法念出名字的女子，我都愿你吉祥。

还记得那间街角的酒店，夜里亮着灯，比那天上的繁星耀眼。我走进店里，见你亲自卖酒，那朝霞般的脸庞就像草原上的鲜花一样娇艳。

你捧着酒杯，而这杯中的酒必不是人间所有，定是那天上的玉液琼浆，用洁净的圣山上最纯洁的雪水，党参叶尖的露珠，酿成的最香冽的美酒。那一刹那，我仿佛看见吉祥天女，款款移步向我走来。我心怀着纯洁的誓言，饮下你赐予的佳酿，于是我在美酒中沉醉，远离一切怨苦。我日日在佛前祈求，也不及你这一杯甘露解我万般嗔痴。

我看着你的脸，那么温柔，像极了温润的玉石，可我的心底涌起的悲切如那雅鲁藏布江的洪峰，淹没了我的心。我只能与你在月亮下面的酒店里相见，不能牵着你的手走在阳光灿烂的花海里；我只能这样静静看你，眼角流着温情，不能站在高山之巅，向着天空说出我的眷恋。我恨我语言的无力，无法形容你的温柔与贤淑。你一定能明白我的情谊，我来看你，不带金银，不带宝石，我只带这一份满满的情谊，给最珍贵的人。

仓央嘉措出身农民家庭，入布达拉宫以前他有着丰富的平民生活经验，因此他的诗句总是质朴如民歌，贴近最普通的民众，这与门隅情歌之乡的氛围也密不可分，但仓央嘉措毕竟是修习藏区最高佛法，师从大德高僧的六世达赖喇嘛，所以在他诗文中所透露出的雅致便显得意韵独特。以上二者恰到好处地结合，构成了仓央嘉措诗文的独特风格，质朴直白而不失风韵。

民歌以人民的生活为基本出发点，往往从人们生活场景中提取常见事物作为情感表达的意象。本诗前三句的意象均为生活中常见之物，“雪水”“露珠”“甘露”，这些平凡的事物经了情人的手便化为玉液琼浆，正如那质朴的文字经了仓央嘉措之手便带了淡淡的风雅韵味，如西子初妆，如月上柳梢，如清水芙蓉，恰到好处。仓央嘉措自小便受着深刻的佛教思想教育，他的父亲是一位修行有成就的密宗师，加之从他十五岁成为六世达赖喇嘛后，便受到西藏高僧严格的宗教教育，因此，他深入骨髓的佛教世界观自然而然地浸润于他的诗歌中。这样的表达使得他的诗歌有了不同于他人的精妙意境，而他诗歌中所流露出的淡淡伤感与无奈，就像那雪山的云雾，绕不开，散不去。

历代达赖喇嘛名号中均有“嘉措”二字。此二字始现于三世达赖喇嘛索南嘉措。当年控制清海的蒙古王公俺达汗对索南嘉措的佛学造诣十分赏识，便赐他“圣识一切瓦齐尔达赖喇嘛”的称号，此后，历代的达赖喇嘛的名号中均有“嘉措”二字，藏语意为大海，而“达赖”为蒙古语，亦是大海之意。他的名号中有大海，也许正因如此，他的情感便如海般激扬。一个如海的人是无法被困住的，他的张扬，他对世俗的蔑视，他的放荡不羁，是他对教条最激烈的反抗。

其三十三

纵使相遇也不能言语，
擦肩而过只得叹息。
幸亏有你多情的眼睛传递讯息，
我才知道你真实的心意。

花灯高悬，众人欢腾，双双对对，人群中心手相连，羡煞许多人。街市中太拥挤，我们才能有秘密。如果你也感叹这一次的擦肩而过是前世的修行，如果你也想要没有伤害、没有遗憾，那就不要轻易留下来，只要相视一笑，便不枉相识一场，就不负真心一片。只在低头一刹那，只在莞尔一笑，不问开始，不问结束，秋波相送，千里咫尺。相遇一瞬的颤抖让岁月把它酿成永恒的记忆，分别后的苦痛被夜风吹散在无尽的沙漠，不必问来处也不必问去处，不必说留恋也不必说再见，不必猜想纯白雪莲会在黑夜里初绽还是会在夜里凋零。也许到最后越是渴望见面越发现你我中间隔了许多年。岁月雕刻过的时间，就算在身边又如何？不知你我怎么改变，若是再无力颤抖，谁还记得曾经得到过，曾经拥有过，相遇的美丽瞬间？朝朝暮暮催疲老，何不做织女牛郎？我做金风，你扮玉露，纵使相逢相知，又岂盼晨钟暮鼓？

不管雅鲁藏布江翻涌过多少时间，我们依然是初识的懵懂少年。

只记得那一年，我们心手相牵，以为只要有爱就能改变一切，只要有爱就能创造未来，只要有爱就能战胜人间困苦，只要有爱就能历经万世磨难，只要有爱，踏浪逐沙，翻山越岭，万苦千辛尝遍，我们依然能相依相偎。谁不曾有这初恋的真心、坚定、决绝？这首诗只简单的两句，却道尽了初恋少年的勇敢无畏，一心追求轰轰烈烈的爱的心境。在爱情刚开始的时候，我们都一样认为一个会心的微笑，一个多情的眼神就是爱的信号；我们都一样只想着爱情的甜蜜纯真，一往情深，不去想在这条路上，爱情也许终有转身的那一刻。不经意的凄美转身，打翻了盛满希望的酒杯，却换了一杯满溢的愁。最初的那一刻，爱意在你我的眼中，犹如一泓清泉，汩汩流出，不管烟波浩渺、惊涛拍岸将会卷走写满爱语的漂流瓶；不管风浪狂沙过后会是一弯多姿的彩虹，还是一片瓦砾废墟。

前世过往，浮屠塔断层，好梦渐冷，荆棘一根一根，年轮一圈一圈，谁能等？只恨入空门，谁也不能认，折煞世间多少梦幻！情债几本再不翻阅！一杯清酒身寂寞，一盏孤灯心头烧。箫声悠悠，笙歌未停，转身随风，半生逍遥。繁华易逝，烟花易冷，雨纷纷，望庭深，只剩我一人，莫停顿，歌舞升平。

作为佛教中人的仓央嘉措，用修行悟道淡泊来看待人之初的深爱，看花开花落一番情，观云卷云舒几重天。不苛求，不奢望，只用心去领会情感触发的时刻。

其三十四

开弓没有回头箭，
直飞红尘不可寻。
今日相见旧情人，
心随伊去不得回。

爱情不像脑筋急转弯，需要费尽心思，到最后只为一个目的，它往往是在一瞬间定格，没有思考，也不需要思考，它的结果也不是那个爱的答案，而是爱的过程。不要去追求爱，只需去爱，爱不是追来的，它是自己内心的感觉，无关乎外界的任何人和任何事。有些人，生来就是被爱的，会有很多很多的爱慕者为他献上真心；有些人生来是爱人的，他把自己的真心捧给所爱的人。无论是被爱还是爱人，都是一种独有的福分，因为这样的幸福永远不可以被重复，被复制，被沿袭，它只存在于它本身。

或许，我就是为了爱她而生的，在我还不知何为爱情的年龄里，我对她的爱已经悄悄萌生。那时的我们是天真的孩子，毫无杂质的情意在彼此心间流转，但是有一种不舍不知什么时候在我心里种下。天亮时，我们就相会在清新的旷野里，一整天地欢笑着，等到太阳落山时还舍不得回各自的家。那时，我们周围都有很多玩伴，却选择了对方，也许，那时就有一种无法言传的默契预先上演，拉开了我们故事的序幕。

后来，由于某种天降的变化，我被带到了一个遥远的地方。在那里，我再看不到她的欢笑，在每一个日升和日落，独剩我一人痴痴怀念。分开的那天，我好像看到了她在身后奔跑着追了很远，当视线模糊时她消失在背后。那时，我已知道有一种东西叫作爱情，她那天的泪水，让我感到了心疼。于是，我转山转水转佛塔，只为了给她祈福，渴望有一天我们能再相见。

有一种别离不能用时间来计算，生与死还有见面的那一天，而我们的重逢却无法预知。我曾以为，人生的美好到此就要告终，强迫自己平静下来，去梦里寻找最真的温暖。没想到，那一刻我升起的风马旗，却守候到了我们的重逢。不敢相信，我仍旧以为相逢在梦中，你却默默无语，转过身去，偷拭腮边泪，心绪难宁。没有人知道，我们这次相逢，让我的心随她而去，从此再无归期。

这首诗歌，最大的特点莫过于形象的语言修辞，仓央嘉措把自己对情人的爱恋比喻成“开弓没有回头箭，直飞红尘不可寻”，这是诗人毫无保留的爱，是不留回头路的爱。没有对爱坚定的信念，他不会一见到往日的情人，心就跟随她去，也不会那么魂不守舍。

仓央嘉措，永远是这样丝毫不掩饰自己对爱情的坚贞，他认为美好的东西，就不会为了世俗的权势利益而丢弃最初的自己，哪怕要他付出悲惨的代价。他永远是用心感知世界的人，他触摸到了生命的本真，在这个世界里，他比很多人要走得远、走得深。有一种没法用时间衡量的生命，它的长短是用精神来宣告的。仓央嘉措的名字，在今天越来越让人感到温暖，可以说，他的生命长出了时间，在生命的更深处继续存活着。

其三十五

乌雀爱柳翠青青，
柳爱鸟雀身轻盈。
我俩心意两相映，
何惧鹞鹰坏此情。

爱情的坚守是两个人的对望，面对外界的风风雨雨，这是让两颗心永远相惜的方式。自古以来，好事多磨，太多的一帆风顺会让人心里不踏实，总担心美好的梦境会在某个时刻突然醒来，不知道怎样去面对现实的破碎。

在爱情的世界里，没有磕磕绊绊会让人误以为幸福就是美好到不掺杂质，直到有一天才发现，彼此虽是相爱，但由于没有一起经历一起承担，留下的记忆也不过是浮光掠影的轻飘，甚至是一片空白。实践出真知，磨炼也出真爱。经不起磨炼的爱，早晚都会在时间的长河里被波涛冲走。只有两个人一起承担、一起经历生活的酸甜苦辣，爱才会被沉淀，才会显得真实，也会更长久。所以，我心爱的姑娘，请不要担心风风雨雨会疲惫我们的心，让我们的爱去经受时间的考验。

你是否还记得那天，我们肩并肩坐在小河边，附近柳树上有只小鸟一直在那里跳来跳去。你说小鸟爱上柳树，才不舍得离开，那是它们相爱的表达。我奇怪于你的奇思妙想，仔细地观察它们，发现真如你所说，小鸟和柳树之间有一种天然的和谐，它们之间的语言都充满了爱意。每一次想你时我也会想起那天的柳树和小鸟，每一次心里都会有暖暖的感觉。后来，我终于明白了它们相爱的方式，坚守也让它们不再孤独，相互保护也是一种真实的幸福。柳树为小鸟提供了温暖的家，小鸟却为柳树赶走了鹞鹰，它们的同心协力让一切变得具有了爱意。

人类的爱情也需要这样的心心相印，在外界的干扰来临时为爱情搭一个窝，把外界的伤害驱逐开。我不知道在以后的路上我们会遇到什么样的意外，但我知道我们的爱情会遇到很多难以想象的阻隔，或许是空间上的，或许是时间上的，一日不见就会让人相思难耐，生死别离更会让人失去活着的意义。但是，亲爱的，无论怎样都请记住我们的爱，在过去、现在和未来，哪怕有一天一个人提前离开。只要我们两个人手牵着手，心靠着心，就没有什么能打扰我们相爱。

仓央嘉措，一生都为情活着，无论命运之途如何改变，他坚贞的心从没有改变，他的爱亦没有改变。在一片苍茫的西藏，他生存的地方却是苍茫中带有诗意，柔婉得像是另外一个世界，这样的环境让这个男子也有了相应的品格。他无所畏惧，被卷入权势的争夺里却勇敢地经受着折磨；他温柔如湖水，在自己的爱里缠绵，显出他真正的自己。

我们没有听到太多他对命运的控诉，他只是对命运不理会，依旧特立独行寻找自己的心，无论外界怎样风云变幻都不能让他放弃这一坚持。面对自己时他这样，而对所爱的人，则给予鼓励和安慰。他给她希望，说只要两个人一起努力，就能守好他们的爱。我们姑且不管他们在尘世里最终的结局是什么样子，但我们无法否定他的爱是多么的炽热和无私。一个人，一辈子，一生情，无怨无悔。

其三十六

在这短促的今生，
有你的真爱我已无憾无求。
不知在遥远的来世，
你能否记起我今日的面容。

爱情不需要苛责，无论时间长短，无论能否走到最后，一生真真切切地爱一次就足够。生命是繁华的风景，过了季节就会谢幕。爱情是那风景的主色调，谢幕后只是一个传说，在后世里逐渐变形。走过生命，曾经相爱过，再多的不舍都无法改变命运的初衷。

在遇见你之前，我的生命里有一段长长的等待，那段日子已无从记忆，大段大段的空白无从填补，时光被浪掷在玩耍里。玩耍是不带用心体会的经历，它只是一个孩子好玩的秉性，是在热闹和好动间裸露的童真。我不能说我对那段带有童真似乎被浪费的时光感到后悔，那是人生适宜季节里的美好，我只是感到自从我们相遇，时光开始飞逝，如果一如从前的缓慢该有多好。

有人说，爱情是用残缺来成就完美的，一切爱情的开始都带着超凡的力量，而这种伟大的力量在生活的琐碎里会被慢慢耗掉，太长的相爱将导致永久的不爱。这种带着淡淡伤感的话，一定是由没有得到完美爱情的人说的，他们认为长久会让爱消失。可是，我不敢苟同这样的观点，它存在着这样的悖论，长久让爱消失而相爱的人都希望天长地久，难道相爱的人追求的只是最后的不爱？这样的结论恐怕真正相爱的人是不会认同的，因为他们知道爱情不是干柴烈火的需要和被需要，不然点燃的永远是激情，燃尽成灰的也永远是激情，他们知道相爱更是一种心灵深处的精神需要。在精神的需要里，我们找到自己的另一半，也将自己给予另一半，这样两个人都达到了完满。

是你给了我这样的完满，让我在现实和精神里都得到了最大范围的实现。我应当感谢命运的恩赐，它给了我最珍贵的东西。只是，我的感谢还未说出口，生命已到了冬季，我们相守的日子变得很短暂，当相爱的日子被计算时，我的平静越来越刻意。我怕太多的情绪，让我们无法微笑面对命运的波折，尘世里的恩爱再真诚纯真，在我们身上都不被允许。如果能约定来生该有多好，只是不知道在来生里我们还能否踏上彼此故事的开始……

在这首诗里，言辞虽然仍旧是浅淡，却夹杂着很浓重的伤感。聚散两依依，爱与恨都要道别离。今生的爱太浓太真怎舍得离分，只是现实里太多的残忍让我们无法相守到永久，使得今后再无法预知明天。明知道安慰是无用的，但为了让愁绪淡一些，该说些什么安慰的话才好，你这样待我，我还有何求，只怕来生里不能再见面。

仓央嘉措有太多的遗憾无法诉说，留恋也只能藏在心口，是设身处地揣摩对方的心情，还是对自己心绪追述，我们无从得知。只有静静地陪着这颗痴情的心，为了那一世的深情，让宿命的味道模糊视线。

其三十七

门隅的杜鹃飞到身边，
仿若春神降临世间。
这来自故乡的问候使我无限欢喜，
仿若情人来到与我把酒言欢。

东风袭来，子规轻啼，春天的脚步近了。我看见第一缕阳光在布达拉宫的金色屋顶上升起，我听到第一声子规的悲啼："不如归去，不如归去！"未曾见你我怎能就此归去？右手转经，左手数珠，神色匆匆，在色彩斑斓的庙宇前，耳边不闻人声嘈杂，不闻木鱼咚咚，杜鹃声声，只念道："不能归去，不能归去！"若非雪峰消融，山河倒转，江水永竭，怎能就此归去？晨风吹开思念的花苞，想到那一日，你的羞怯，只怕你迟迟犹豫不肯赴约，怕你娇弱纤体不经乍暖还寒，又怕你粗心大意遗忘佳期；杜鹃翩跹而至，犹见你步履曼妙，如蜻蜓点水般，缓缓向我走来，眼波流转，脉脉含情，深情如此怎能延误佳期。怕你不来心存一分担忧，可见到你的机会有一分，我又满心欢喜。匍匐、跪拜、站立，修行的时候我的身体有不同的姿势，而此时当春风跋山涉水来到这里，我的心只有一个姿势，那就是等待。

杜鹃啼血的典故无疑给“杜鹃”打下了悲伤烙印。唐李商隐有诗句曾言“庄生晓梦迷蝴蝶，望帝春心托杜鹃”，宋秦少游也作“可堪孤馆闭春寒，杜鹃声里斜阳暮”，可见杜鹃在春天啼血悲鸣往往会引起诗人怀古比今、伤春悲愁的诗情。可是这首诗中，我们却看不到作者的悲伤，取而代之的是等待心爱姑娘到来的欣喜。

当仓央嘉措告别家乡来到圣城拉萨，端坐在布达拉宫的佛床上时，他的身份改变了，他不再是田野山川之间到处奔跑的顽童，也不再是高山蓝天之上自由翱翔的雏鹰，他是藏传佛教黄教中的头号人物，格鲁派的标签。可他骨子里毕竟还是一个在自由晨风中追逐人间欢乐的孩子，他不愿做威严华丽的宫殿中端坐的佛像，他毕竟还是一个情窦初开的花季少年，而不是六根清净的圣人先知。

对他来说，布达拉宫与其说是一座金色大殿，不如说更像一个金碧辉煌的囚笼，而他从出生就注定了要成为这里的“精神囚徒”。所以，当杜鹃啼叫着，从南方，从他家乡的方向衔着春天的气息而来的时候，他仿佛嗅到了家乡田野上盛开的花香，家乡的酥油香，家乡的自由气息，他仿佛看到了家乡山冈上思念他的心爱的姑娘，她正在低低地哼唱，歌声悠远，好似清新的水仙，散发沁人心脾的芳香。那么此时的他又会有怎样的惆怅呢？他在等待，等待她心爱的姑娘，也等待盼望已久的自由自在。他只有坚定不移地等待，也许漫长，但却满心欢喜。

其三十八

野马再难驯服，
一根绳索就可以拢住。
情人若是变心，
法术也难把她捉住。

仓央嘉措面对情人的变心，也只能说一句“法术也难把她捉住”。其实只这一句也便够了，那无奈无助只这一句也便够了，说得再多也无益。言及此处，我们又得提到纳兰容若。

若纳兰来说这情变之苦，他也许会立于庭中，望着远山憔悴在秋风里的草树，低低叹那一句：“人生若只如初见。”他也只用一句。这一句里有太多太多的回忆，这回忆又牵起太多太多的情愫。这千般滋味绕在心头，你说不得道不得，这便是“人生若只如初见”的意境，这一个“若”字上凝聚了所有的感慨，一场“初见”潜藏了多少悲喜。这位情圣在爱情上定是与仓央嘉措分享了同一个灵魂，只是仓央嘉措更显质朴直白，读起来总是有种情感抒发后的快意，有时会忍不住在心里默赞一句：“对，就是这样！”而纳兰的词总是朝着你内心最软的地方而去，轻轻一点，便让人千回百转，柔肠寸结。

北宋欧阳修曾写《蝶恋花》：“庭院深深深几许，杨柳堆烟，帘幕无重数。玉勒雕鞍游冶处，楼高不见章台路。雨横风狂三月暮，门掩黄昏，无计留春住。泪眼问花花不语，乱红飞过秋千去。”

欧阳修写词温情婉丽，这首《蝶恋花》道出了闺中少妇的春怨。庭院深深，杨柳堆烟，帘幕重重，浓浓密密地隔绝了外界。有道是处处风景皆心景，这番景亦是少妇深沉心事的体现。时光无情扫却了当年的情分，正如那三月傍晚的暴风雨，摧折了春光。丈夫游冶处，是章台，章台是古时妓院别称。无计留春住，正如她无计留住丈夫太自由的心，而全诗最令人伤情之处便是这句“泪眼问花花不语，乱红飞过秋千去”了。这句与纳兰的“人生若只如初见”意境颇似。伤心之人一切的愁苦都化作点点清泪，无处可诉只得凝望飞花，可飞花不语。飞花亦不须语，这苦楚放在心头千般滋味，含在口中却总无处可说……

情人别抱后，那对变心的人自然也有愤恨的，汉乐府中一篇《有所思》便将这种愤恨表达得淋漓尽致：

“闻君有他心，拉杂摧烧之。摧烧之，当风扬其灰。”

这是怎样一个烈性的女子，生得这样直率。现代女性总想显得坚强理智些，总想装得豁达些，何必？愁苦本就不为外人道，却为什么还要将满满的怨恨压制，不得宣泄呢？何不像这位恨不得将负心人的心辗碎扬灰的女子一样痛快地恨一场，然后我们江湖相忘，你拿走你的情，我亦不守回忆。

也许正是人心易变，于是便有了山盟海誓，铮铮誓言，所以页页诗经道出执子之手与子偕老的多情；曲曲乐府咏出山无棱天地合乃敢与君绝的心意；句句唐诗吟出一个个心比金坚天上地下愿与你比翼飞的痴情人……可还有一句话说得好：正是情感易变，我们才需要誓言。多情总被无情恼，先爱的人总是输，守着誓言的人总是傻，但即便这样，芸芸众生还是往情爱里去，爱别离的苦即使受了再多也无怨，真正一句：问世间情为何物？

其三十九

名门望族的女儿姿态翩翩，
只有我最合她的眼缘。
枝头的果子红润美丽，
也比不过她娇艳甜美的容颜。

当一个人，情到浓时，心上人成了一切，目之所及心之所想都带着她的影子；当她不在视线内时，便氤氲成情绪，在心间萦绕不散。但是，倘若情不是淡如白开水也没有浓烈到化不开，远远地欣赏，温暖如慢慢泡开的茶，味道便会从内到外发散，蕴藉而深远。

我对你的情，不知道是浓烈还是淡然，没有谁能说得清这种感情，远远地望着你，出自名门的娇女，一种风姿天韵让人魂牵梦绕，可是我清楚地知道相遇已是一种恩赐，我不敢再苛求。也许，上天安排的相遇，自有他的用意，也许是他心血来潮时的随心所欲，然而，对于我却是一段无法逃脱也不想逃脱的经历。可这一切情绪的辗转，你一无所知。狠心的人啊，你怎么不停下来，看看为你倾倒的人，他被你牵着情绪，一会儿知足地傻笑，一会儿又陷入了深深的思念，疼痛难忍。

走在人生的青春里，我自然会遇到很多拥有倾城容貌的女子，容貌是父母给的，她们花枝招展地行走在春天里，但是，我始终没有看到一个像你这样内外兼修的人儿。有人说，为了一棵树愿意放弃整个森林，观尽园林我却没有发现哪一棵生得像你这般别致，姣好的面容像挂在高高枝头的果子，莫非你就是那棵我愿意为之放弃整个森林的独一无二的树？可是，走近你，除了能温暖我，还能给你带来什么福祉呢，我没有发现，所以，我羞于靠近你。

我知道，有一种美好，在距离适当的时候才会恒久，所以，我选择了远远观望，站在一个适当的距离看着你，从没有得到，也不会有所失去。我也知道，这是永远得到的唯一办法，当真情流于琐碎，一切都会变得不纯粹，我为我的选择苦笑。其实，只要能看到你，就该知足了，你不是凡间的女子，想换取你的真情，必然也是不凡的人。可是，我衣衫褴褛，无法捧给你美丽的皇冠，也不能让你避开粗糙的生活。仰望，也许是最明智的选择。

当一个人不苛求的时候，就会变得平和，在金色的阳光里，他会淡然地欣赏世间的美好，也会甘心地仰视，仰视着他的信仰。你就是我的信仰，像那高高的桃树尖上，熟透的果实一样诱人，但是，我知道信仰只能用来仰视，把玩在手里是对它的玷污。就这样，我向后退，退到一个合适的位置，不问你这朵花儿为谁红，你永远地成了我心中那道亮丽的风景，独留欢喜在我心里，带着淡淡的莫名忧伤。

这是仓央嘉措情歌里较直白的一首，欢喜和赞叹的情绪在字里行间流露，然而，这种欢喜其实来自自身的后退，来自不苛求。像欣赏着高挂枝头上的果实那样，欣赏那个不知名的妙女子，不再走进，更不去占有。

这是一种面对命运时的求和，明智的求和。有一首歌叫作《放爱一条生路》，也许他用这种方式，除去了苦恋的酸涩，给那淡淡的喜欢留了一条生路，让彼此的感情，在距离恰当的位置上维持得更久。

其四十

与我自小相爱的姑娘，
是不是野狼的后裔？
我用血肉真情爱她，
她仍旧想弃我而去。

她若执意离开你，你用什么也留不住她。就算你是人世最俊的人，就算你是人间最体贴的人，就算你是红尘里最浪漫的人，就算……

仓央嘉措对执意离开他的情人是怀有怨的，竟将姑娘比作残暴的狼。这也足见他的心受了多大伤，足见其用情之深。仓央嘉措是男子，他的怨带有凛冽之气，若换成女子写这怨诗，那怨恨则会平添几分凄切之意，而这世上崔莺莺的怨最是令人叹惋。

“自从消瘦减容光，万转千回懒下床。不为傍人羞不起，为郎憔悴却羞郎。”

你看见了吗？她的怨消了她脸上的光彩，生命的华光。你走后，她也就只是静静地躺着，不哭不闹，似乎也不恼。但你可知道她的怨就好似平静的海面波澜不惊，而水面下深藏的暗涌已不知流转几回。她的怨至深，对你恐怕也只剩下失望，为你的薄幸感到羞愧，偏偏又为你憔悴成这般。这千回万转的心思又有几人能明白？

崔莺莺从不告诉你她的怨，诗中只见她的悲楚，而谁人见了这样的悲楚还能不解她的怨呢？她的诗名叫“绝微之”，微之是你的名，所以你知道，她是不要再见你，那诗名中的一个“绝”字，是她最直接的表达。

这崔莺莺是唐代元稹《莺莺传》中的人物，但其实是元稹年轻时的爱人，只可惜元稹当年为了功名，离开了莺莺。可怜了那玉一般的人儿，一颗心就这样白白地捧出来，却被薄情的人丢弃。想那唐代虽民风开放，却也要守着封建礼教，如莺莺这样的女子，待字闺中却与男人相会，在当时是不守妇道的行为。今天想来，这样的莺莺最是令人怜惜，为了心中最动人的情爱，她决绝地蔑视了一回礼教，正如仓央嘉措为了情爱无视拘束一样。他们的爱纯洁而透明，用抛弃一切的勇气执着追求着追寻着，可那些薄情寡幸之人却没有同样的勇气。

想那元稹为了“蜗角虚名，蝇头小利”离开了莺莺，本是许下誓言回来求亲，可到最后他也没有回来，倒是娶了美娇妻，夫妻恩爱。元稹曾用“曾经沧海难为水，除却巫山不是云”的人间至美比喻娇妻之无可替代，不知莺莺听得，心中是何滋味。回想西厢邂逅，月下私会，诗文传情……真就只如一场梦。你抛弃了誓言的那一刻我的梦便也醒了。崔莺莺是女子，她的怨虽悲切却也坚毅，即使后来元稹路过莺莺住处时求见，莺莺始终未见，只是送来一首告绝诗：

“弃置今何道，当时且自亲。还将旧来意，怜取眼前人。”

是啊，虽然你我当年那样缠绵，但过去的情分你早已抛弃。你既已娶，那便好好对待你的娘子。好一句“还将旧来意，怜取眼前人”，我虽怨你，却不会如一般女子那样缠着你。你自去罢，带着你对我的那些情义一起去吧，我这里再不容你。这怨直直地刺进你心里，坚强到让你心痛。

这怨是爱情最苦的果，不论是男子的怨如仓央嘉措般的凛冽，还是女子的怨如崔莺莺般凄婉，却都是情到至深处的宣泄，正所谓无爱便无恨。不过还是让这怨情少些，愿这天下有情人终成眷属吧！

其四十一

离别的时刻多么落寞，

你为我戴正帽子，带着淡淡的愁。

我为你整好发辫，怀着淡淡的忧。

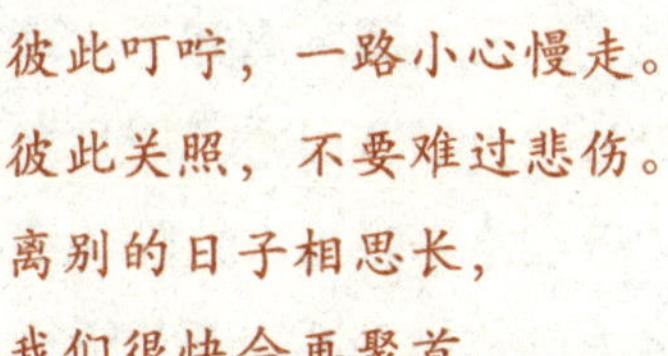

彼此叮咛，一路小心慢走。
彼此关照，不要难过悲伤。
离别的日子相思长，
我们很快会再聚首。

纵是那金风玉露一相逢，便胜却人间无数，却也终有分别之际。恨别离，如同烈酒在喉，多少次想说挽留，却害怕这即刻的分别让彼此更加难受，想说再见也是惘然，一句话止于舌尖，却不敢过多言语，真不知哪一句便是催泪弹，更不知哪个字便是情花的种子，只怕你我中了毒，却得不到解药。

不知道这人间命理谁能掌控，不知道念你的黑发是否要等到苍老，红尘一醉难再醒，也怕这一别，尘缘已逝难再续。那么，就不必为这未来变数而烦恼了，只存一份希望，再次相逢，你我依然心归一处，爱属一方。待相见之时，一江秋月之上，两盏孤灯相伴，三生有幸聚首，四面楚歌不管，一对一双泛舟江湖，遨游人间。

冠冕依然留有我的体温，瀑布般的长发荡漾着，悠悠诉说你的愁肠百结。不经意地转过身，只想偷偷地把你的倩影定格在我的脑海中，只想再拾起笔的时候饱蘸香墨，描绘你嘴角的弧度。转过身，才发现，你的美丽脱俗，映照出了我的孤独。拭去你脸上的泪水，抚平你心中的忧伤，心疼你空垂泪惹断肠。这一别正是下一次相聚的预告，真情真意并非只在这一朝一夕。

李商隐写别离，“相见时难别亦难，东风无力百花残”，那离别时的惆怅仿佛春风也耗尽了所有气力，再也无法吹绿江南两岸的树木，再也无法吹开待放的花蕾；仿佛百花依然身处寒冬，残败凋零。分别时恋人的心何尝不像严冬一样寒冷，百花凋残一样凄清。而这首诗却以民歌的方式演绎了恋人分别时的心境，“我”“你”这样的人称读起来简单、亲近，分别的愁绪中添加了几分轻快、调皮。诗歌里没有写分别时的这对爱侣抱头痛哭，缠绵拥抱，而是用几个动作表达出两人之间的浓浓爱意，我匆忙地戴上帽子，你帮我将帽子扶正，衣装整平；你整理凌乱的长发，我帮你梳起鬓角的散发。举手投足之间，勾勒出一幅温馨的图画。

对于所有爱侣来说，相见永远是甜蜜的期待，而分别永远让双方心力交瘁。万水千山，天涯海角，爱纵有万般精巧也要历经一些磨难，除了时间与空间的考验，身为转世灵童的仓央嘉措还要摒弃信仰的束缚，踏过荆棘才能体验获得人世间最美丽也最难得的爱情。在爱情里他和平凡人一样恨别离、盼相见，相聚总是转瞬即逝，而分别的时间却像失眠的长夜一样漫无边际。别离时分没有折柳相送，也没有歇斯底里地恸哭，黯然神伤，默默无语，眼含热泪，却互相劝慰着“山和山不会相逢，人与人总会相见”，泪中含笑地将下一次相会的情景讲给对方听，只有这样说心里才会好过一些吧！然而这何尝不是一种宽慰，一种希望，更是一种期盼呢！也正因为有期盼，有希望，用相互抚慰代替号啕大哭才最合情理。恋爱中，总有离别时的难分难舍，也有再聚首的热切期盼。盼那得不到的，盼那已失去的，也盼那难相见的。

其四十二

姑娘香肌如雪让人陶醉，
媚态可人惹人爱怜。
谁能分辨这情意绵绵的姑娘，
不是在编织捞取钱财的罗网？

突然得到的浓烈柔情像是一场梦境，梦里梦外都让人窃喜，但是也让人心存担忧，害怕这美好如花季一样短暂易逝。人，有时是很容易知足的，特别爱情在没有得到的时候，设想着在人群里仅仅有那么一个人能让自己心跳加速就知足了。

西藏是个极易产生爱情的地方，人毕竟是怕孤独的动物，空旷的地域，稀少的人烟，让同类之间会产生想拥抱的欲望。于是，爱情便铺展开去，在需要的时候温暖着孤独，在孤独里肯定着自己的需要。这对从内地向边界走的人是极其恰切的，但是，对从小就生在那里、长在那里，对那里的每一条河流和每一座高山都熟悉的人来说，这样的关于爱情的阐释就显得表面化了。

对于诗人来说，这里产生的一切都像是从自己身上抽出的芽，是自己生命的一部分，从一开始就在那里，不可割舍。这是它真实的存在，渗入到生命里的每一个细节，爱情在这里更是刻骨铭心的记忆。爱着的心情，也会显得更加急切。但是，对于生活在万物造化间的人们来说，外界的不稳定因素和世事的无常是无法忽视的存在，安全感是人们内心不可或缺的状态。不安全就会带来惶惑。惶惑不可终日时，对外就会惹是生非，对内也就会苦恼万分。这样看来，你们就会明白少年的疑问是多么自然的人心映照，是一种普遍的心态。

在享有着温香软玉时，惴惴不安的心情终难平息。有些幸福不是来得太早就是来得太迟，姑娘再美的身姿也承载不了我的真情，它不仅仅停留在被底的缠绵拥抱里。我理解的真情需要两个人的缠绵来表达，却远远胜于此。相遇本就让人欢天喜地了，从相遇走到相知让我感到这是无以回报的恩赐，我决定怀着感恩的心来对待这份真情。因此，我的呵护，将在我们未来的每一天里。我不奢求你现在过多地给予，只要一个真心就足够了。得到太多，会让我手足无措，不真实的感觉会像幻境，在心里无数遍地重复。心爱的姑娘，请你理解一下少年的心情，他渴望的不是一朝的缠绵，而是今生今世的真情相拥。

仓央嘉措总是这样可爱至极，在没有得到时辗转难眠，得到的时候又惶惑不安。在这首诗里，他用质朴的语言描述了一个少年在得到心爱姑娘的拥抱后又心生疑惑的故事，场景简单，而人的情绪却不平静，欢喜里带着不安，心生的疑惑自然而然从眉宇间流露出。谁若遇到这样的少年，怎么说也是种福分，他对爱情的想象没有止于表面的卿卿我我，却是反观自己，在无法保证爱人的幸福时，他的心情是无法坦然的。这是一种责任心，如果你遇到这样的男子，你敢天长，他一定敢地久。

其四十三

洁白的圆月出东山，
缓上天顶多明亮。
我被月光照亮的心房，
映现出玛吉阿米的模样。

有人说相见不如怀念，可怎么会有人舍得放弃朝夕相处、耳鬓厮磨，而去追求穿越时空阻隔、岁月阻挡的幻影呢！也许是那时候的我并不懂得想念爱人的滋味，遇到你以后我才明白想念的滋味好像一条小溪，曲折蜿蜒，涤荡一路的鹅卵石，涓涓细流注入心底，甘甜滋味在心中腾升而起，顿时便能够忘却所有烦忧，甚至不记得相见时候的争吵，不计较谁对谁更在乎一点，不抱怨谁比谁更洒脱一些，心中只是浮现爱人的笑脸，爱人的眉眼，记起的只是爱人依偎在身边的温暖和安全感。那么我亲爱的姑娘啊，从那一朝邂逅，我心中就再也无法间断对你的思念，也许不见便罢了，我便不会有这样一见钟情后的纠结，也不会有这般痴恋。

万籁俱寂的夜，静听穿梭在林中的风，低低吟唱着爱的絮语，眺望雪域高原珠峰之巅，圣洁的月亮犹如银盆一般冉冉升起，布达拉宫的高墙紧锁着我旖旎的梦想，深深的庭院隔断了我与玛吉阿米相聚的路。流光溢彩的明灯把月光下的金殿映衬得更加巍峨庄严，千年文化，万古流传，而眼前的我却是如此混乱不堪。怎能舍得忘记美丽姑娘的模样，又如何远离这牢笼带着你消失在烦乱的红尘人间。倘若真像佛经里说的，如果这里真的有香格里拉，我愿舍弃一切人间纠葛，带着你奔向那永恒的天堂。从此以后静居雪山中央的莲瓣，被雪山环抱，闲时从白雪皑皑的山顶漫步到山脚下的森林，我为你采撷鲜花，你为我采集药草。这里的湖泊星罗棋布，像宝石般明鉴如镜，这里青草翠绿茂盛，到处都可作为修行圣地。在富丽堂皇的迦罗波王宫殿，王室拥有众多的军队，无数的狮子、大象、骏马可供乘骑……然而我们不需要豪华壮丽的宫殿，也不要锦衣玉食，更不要百千车乘。我们只要在山脚下用土石砌筑一座碉房，冬天用牦牛织成的帐篷抵御雪雨风霜，就这样诵经、转经、祈祷、祝福，为我们纯美的爱情，也为世界上美好的一切。如果真的可以这样永远在一起，哪怕翻越茫茫戈壁，哪怕穿越千里草原！

想着想着，在这样的夜里，辗转难眠，夜更加漫长。于是起身来，凭栏远望，黑色的天幕前，东方那座山峰耸入云霄，云雾缭绕之间，圣洁、皓白的月亮越升越高，她闪着光，好像你白皙的脸庞，周围的云雾缥缥缈缈，好似微风拂过你的长发。天空中，繁星闪烁，好像你的眼，对我一边眨着，一边说着话。我心上的人儿啊，你也一样有过这样被思念笼罩的不眠之夜吗？你也会在月光下对着星空想起爱人的脸庞吗？

感悟仓央嘉措的诗，每一首都没有奇词异句，平淡之中，只要把心放在遥远的西藏，一切就会变得特别。想那座可不是平日里很容易见到的山，那是西藏的山，巍峨庄严，

静默无语，却有超强的气场，直抵人的内心深处。想那月也不是普通的月，那是站在世界屋脊上才能看见的月，她比平日里我们头顶的月亮更加洁白、圆润，由此也平添了几分神圣。而那些云也不是我们头上飘荡而去的流云，她像是水彩画里调出的纯白色，层层叠叠，充满质感。这一切足以令人唏嘘、感叹，感叹这本来属于大自然的景物，却不像人间所有，它像一幅立体的水彩画，又像是书中的童话世界，庄严肃穆又鲜艳浪漫。有一段爱情，在此情此景的渲染之下，注定了浪漫至极，感人至极，让人纠结万分却又难以抗拒。

其四十四

祈福的幡幢刚刚竖起，
少年我就时来运转。
美丽的姑娘热情邀请，
请我去赴丰盛的宴席。

这一席盛宴啊，看那鲜果、那琼浆、那飞舞的长袖、那耀眼的宝石，却是对面的姑娘最让我怜惜。你看她那空山明月般的脸庞多么美丽，红扑扑的脸庞衬着乌黑的眼睛，多么赏心悦目。你看她双目含情望向我这里。我年少风流，在这多彩的人世，我只想融化在她多情的眼里，不愿守着那长明灯伴着古老的佛陀。可我不能不承认佛法无边，如果不是昨天那个微妙的时刻……

夕阳下，牦牛悠然地吃草。风中母亲的呼唤伴着袅袅的烟一起飘散在天空里。珠穆朗玛的雪山千万年屹立，雪山圣女今夜是不是有人相伴？我站在与夕阳一样高的地方，看着大地的轮廓。僧侣们列队走向佛堂做最后的功课，我也应该去了，把这份寂寞带进佛堂。

今天是经幡换新的日子，那五彩的颜色让我想起你襟上的花纹。我向佛祖许下这样的愿，祈求他能让我见一眼繁华的人世，再看你一眼，美丽的姑娘。果然，今天他便将她带到了我的面前，襟边的装饰如那猎猎随风的经幡，荡进我的眼里。她请我到她家中做客，说要用最美味的食物招待我。当下我的心便虔诚地向着佛祖，感谢您的慈悲。

仓央嘉措诗中总是透着淡淡的孤独。想他一个十来岁的孩子被夺了生活的乐趣，进了那枯燥的寺院，总归是有些残忍的。他的诗充满了对生活乐趣的向往，表达了对僧侣生活的淡漠。尽管那笔调有时是欢快的，但这欢快的背后藏着一颗寂寞无奈的心，俗世法王竖起经幡祈求的，只是再平凡不过的人间欢乐，因此那欢愉便有了悲切的味道。

仓央嘉措十七岁那年，厌倦了政权斗争，纷乱的世事令他矛盾万分，终于他在二十岁那一年退还了僧衣，穿起俗人的衣服，只保留俗世之权。从此以后，他便放弃了戒行。

对藏族百姓而言，信仰是生命的一切意义和理由，活佛在藏民的心中有着无上的尊荣，因此上师大德除了宗教权力外，在俗世也拥有别处佛教僧侣无法比拟的号召力。作为六世达赖喇嘛，仓央嘉措既是法王亦是人王，不可谓不尊贵。

他居住的布达拉宫是达赖喇嘛的驻地，由五世达赖阿旺洛桑嘉措在松赞干布宫殿的基础上扩建而成。它巍然屹立千年不变，与那转动的经轮，招展的经幡一起，垂目俯视着流年似水。一张张虔诚的脸和一路长头的风尘深深刻进它头顶的天空，那是藏族百姓梦中的天堂。

这座藏族百姓心中的圣殿并不是格鲁派佛法的中心，它真正意义上的中心是1409年建成的甘丹寺。它与哲蚌寺、拉色寺、扎什伦布寺、塔尔寺、拉卜楞寺一起，并称藏传佛教格鲁派的六大祖寺。二十岁的仓央嘉措正是前往这其中之一的扎什伦布寺退还的僧衣。那年，五世班禅住在那里。他看着那个面貌俊逸的男子——他曾经最钟爱的弟子，身着俗人的衣裳缓缓走出他的殿门，他知佛般的心底是否有世俗的七情溢出？

其四十五

天鹅恋上澄澈的小湖，
想长长久久地居住。
可惜湖面结满了寒冰，
让天鹅心灰意冷。

爱，是人们前世种下的蛊，今生一相遇就立刻发作，迷醉其中。迷醉的情，剪不断的忧伤，在心头缠绕。世间有太多的三天好了、两天恼了的纠缠，缠绵像是在刀尖上舞蹈，我和你也脱不开这样的世俗，我惴惴然，常不知美人舒了展了偏又皱了的眉宇间到底书写着怎样的情绪。

还记得你我初次相遇时，你步履轻盈、语笑嫣然、秋波微转，像一个石子抖落于我的心湖，从此，我的心再无安宁之日。我也自甘沉沦，那句“平生只有两行泪，半为江山半美人”，成了我心头为你诉说的低语。雾失楼台，情迷于君，人间便多了一份真情的期盼。多少次，我躲在你每次必经的路口，守候着这份爱慕，慢慢迷失了自己。林间传来那首“倘若我也不是我，你也不是你，该有多幸福”的歌，引起我的共鸣。内心的怯弱，让我退而求其次地选择守候，不敢争向神明要求“气质美如兰，才华阜比仙”的你。可是，我渐渐发现很多优秀的男子都在暗中爱慕你，才懂得守候并不能让你对我的情长久。我无法想象当另一个男子站在你身边时，我该以怎样的姿态收回我的心。糊涂了很久的我，总算是聪明了一次，我做了一个贸然的行动。

我握起用情做成的软笔，在精美的手绢上用泪水一字一字地为你写下那首小诗，丢在了你必经的那个路口。当你经过的时候，先是被手绢的精美吸引，捡起细看时，我看到了你的羞涩染红了脸颊，也许敏感的你心里早已知道我对你的情愫。读完我为你写的诗后，你装作若无其事地朝我蹲守的方向瞥了一眼，目光相遇又匆匆离开，会意的柔情让我幸福到惊慌失措，眩晕的感觉慢慢侵蚀我的心，眼里都是你的倩影。

在与你相知的时光里，我的人生才开始有了存在的意义。我高兴得像个孩子，在层叠的山谷间高唱着情歌，唯恐有人不知道我们的幸福。被幸福冲昏头脑的我，当时觉得你并没拒绝我，没有拒绝让高山和白云分享我们的浓情蜜意。可是，你的微笑怎么会渐渐冷却，我想找你倾诉衷肠，却发现你亦嗔亦怒，柔情化作了心上的冰，让我的心坠落，不知该往哪里去。

善解人意的女子啊，你不是看到我的真心了吗？怎么忍心让我一会儿幸福如到了天堂，一会儿又痛苦得如下了地狱。多情的白天鹅，频频回首流连着那池沼，可是湖面的冰层拒绝了它的痴心；我爱慕的姑娘，你怎么也忍心让我陷入困境，你可知道，再大的困境也抵不了这相思的苦。

莫非你是那天山的雪莲仙子，有着纤柔的腰肢，内心却一尘不染，刚强到了极致；莫非你是因着我的狂喜，发现我也逃不过凡夫的俗气，心里不悦了？我明白了，只有脱俗的情，才能配得上脱俗的你。可是不管怎样，请你允许我用一朵云霞来抚慰你的不悦，不要让我幸福的心再次孤独无助。

仓央嘉措，把心情随手谱写，简单却曲折，单纯得像个孩子，真诚得像个诗人。他把中国古代诗艺里的比兴运用到不露痕迹，洗尽铅华见真纯。永远痴情，却没有纠缠，只是难以掩饰难解的情绪。多情美丽的女子，怎么忍心让这样的有情人痴痴傻傻，癫狂无措。

其四十六

去年把青苗栽满田地，

今年收获的是干枯的禾束。
曾经青春年少的躯体，
如今弯曲得像藏南的弓弩。

世上有很多爱情输给了时间，曾经的心有灵犀，在时间里蹉跎，慢慢地消去了最初的本真和耐心，然后彼此的步履不再同步，就各自走开，把自己的过去否定，以为下一站的幸福，才是心里最美的期待。时间让人敬畏，又让人感到压抑，它不动声色地让一切事物改变了原貌，还送来挑衅的目光，被它捏在掌心的人们，永远不知道方寸之间得与失只是时间的把戏。

无法和时间较真，我选择了沉默以对，以一种静态，昭示我的人生。就像人们说进攻是最好的防守，防守是最好的进攻。我选择了最好的进攻，让心里的念想在思想的深处成为无法超越的追求。人生是一个说不出谜底的谜，整个混沌状态，却披着世俗的衣裳，以所谓人生目标的形式呈现。于是，放眼望去，芸芸众生，熙熙攘攘皆为利来、皆为利往，用物质实体来确认自身的价值。这是人类的悲哀，也是冥冥之中无法拒绝的安排。然而，我相信人生的长度，不能简单地用时间来计量。总有一个例外，用来拒绝一成不变。你的心，纵使决意关闭千年，也总有个时间将再次开启。

在过去的季节里，为了呈现相识的记忆，我悄悄种下青苗，如今已经长成禾束。对你的爱恋也如这青苗收割了一茬又一茬，茬茬复茬茬，年年如斯无休止。我打心底里相信，会有海水干涸、坚石风化的一天，你对我的拒绝也抵不过这样的奇迹，世界换了容貌，人心怎能不丢弃固执。

守候重复着守候，遥遥无期无怨言，然而，思君使人老，心绪成灾君不知。等待中的相思抽空了我年轻的身躯，它在反反复复中渐渐衰老，已远胜过那南弓的弯曲。而你，让我的等待再度成空，熬煞了岁月。

多想把我的思绪全部说给你体会，把我的心情说给你听。你却偏偏把相守推开，把相思拉长，除了我还会有谁和你的灵魂紧紧拥抱，彼此都能感知？我的疑问，在唇边被风吹散，露出的笑容，总有挥之不去的幽怨。我不想让一切因缘聚，让一切再因缘散。

仓央嘉措的这首诗，婉转而深藏情结，没有刻痕，由眼前物想到心中事，就无法不涉及心中人。事物的生长，是再正常不过的自然现象，却被诗人涂抹上忧伤，爱也罢，怨也罢，都让人感到伤感。平常的字眼，巧妙的组合，把痴情都包在其中。总也不明白，为什么有情人总遇到无情人。一旦牵涉到感情，世事就成了理不清的乱麻，理性和非理性的斗争也便蔓延开去。世事也总喜欢这样的纠缠，让人们在阴差阳错间，徒增遗憾。

这一切，让人忍不住想去假设，假设没有这些情绪的缠绵，我们拥抱的爱情是不是就会成为我们追求的完美，还是我们在受挫中得来的不完美也昭示着它弥足珍贵？孰是孰非，终究无法定论，不如就享受着命运的安排，哪怕是弯了身躯，年华老去也不改当初的选择。所谓的抱怨，也不过是一种无法述说的爱恋。

其四十七

上天让我们从人群中相遇，
缘分让我们结成亲密的爱侣。
这奇妙的缘分就如同潜身大海，
随手就捞起了龙王的宝珠。

自古以来，爱情是解不了的情缘，不同的人对爱的定义不同。我向来认为，所谓的“不在乎天长地久，只在乎曾经拥有”，要么是没有心去争取在一起，要么是软弱面对现实时的托词。从日思慕想的爱恋到天天相对的婚姻，它的距离并不只在于一个仪式，仪式是最无聊的游戏，“赌书消得泼茶香，当时只道是寻常”的生活是多么弥足珍贵，需要用心的人才能体会。

对于爱，我不苛责，却始终如一地用心面对。那一年、那一天、那一刻……在所有拥有你的时空里，我的回忆充满了幸福的味道，我无法接受也不会软弱地妥协，让一切美好的记忆戛然而止。可是，爱慕你那么多天，始终是我一个人的独角戏，我明明在你眼中看到幸福的光芒闪烁着，你却若即若离地出没在我的世界，飘然离去，毫无牵挂。都说女儿的心是猜不透的谜，变幻无常，猜测的人永远跟不上它的节拍。我叹世人把一切看得通透，甚至显得残忍。为你癫狂的心，好像也没有犯什么错，却始终颠沛流离。

我心中爱慕的那个姑娘，你若感觉到了我的情意，请别再若即若离好不好，这青涩的年华里躲躲闪闪的爱恋，总要有个明了的结束，温柔多情的你真的愿意看到我神魂颠倒？真的能做到置身事外？我相信，那天四目相对时你留下的深情绝对不掺杂质。人们说每个女儿心中都有一个关于爱情的美好想象，让我把这美好想象呈给你。

大海里藏着奇珍异宝，它们在海的深处沉默着等待，等有缘人把它们发掘。当机缘来临，珍宝现世，寻宝人一辈子的幸福全都含在了里面，那是用尽生命的力气祈福得来的，也会用尽生命的力气去呵护。在人生的大海里，你就是我要寻找的宝藏，我也会用尽生命的力量呵护你，你若给我这样的欣喜，我的爱便有了实在的意义。我愿从此与红尘相隔，只守候一个你。

在夜深人静的时候，唱一首情歌给你听，月亮听见了从云朵后面探出脸来，你听见了在窗后独自徘徊。不要再掩饰你的心思，你可知道，我的爱是无法复制的，在你若近若远的态度里，它感到了无法承受的煎熬，在瞬间产生抱怨，又在瞬间消失。爱不容易，恨也不容易。“死生契阔，与子成说”，如若我们能一起来经历“执子之手，与子偕老”的圆满，于你于我都是天赐的恩惠。

捧一颗珍贵的心，交给你发落，你若也感到内心缠绵，就把你的心也交给我保管。如果你愿陪我天长地久，我定会视你胜过海里的珍宝。

仓央嘉措这首诗与其他情歌相比，语言显得更加直白，感情也更加热烈。你和我不需要太多的矫饰，只要你愿意给彼此幸福的机会，我就敢为你撑起一片天空。用海里的珍宝来解说心中人在自己心中的位置，让真情触手可及。白头偕老，不是一个经过严密思考后的承诺，而是浓烈感情的直接迸发。

其四十八

心中的秘密不告诉双亲，
字字句句都倾诉给了情人。
可这情人的“牡鹿”①真是多啊，
传来传去都被我的仇敌听了去。

这风是否吹过家乡？我坐在寝宫的门槛上，想起错那的湖，像美丽忧愁的精灵。我喝着它的水长大，而今它是否一如阿妈的怀抱，宽广博大？还没有住进这深深的宫殿时，我就认识你了，美丽的姑娘。那时在故乡，你可以唱出最美的情歌，我每每沉醉于你动听的歌声中。那时与你日日逍遥，走过每一条路，看过每一朵花，那时不识忧愁的滋味，多半是因为你的陪伴，我忘记了什么是烦恼。可香甜的青稞有时也会酿出苦味的酒。那日家里来了几个喇嘛，硬生生地将我从阿妈身边带走。我不懂什么是轮回，我不懂什么是佛法，我只明白从此我再听不到错那悠扬的情歌。

上天总是待我不薄，你仿佛乘着家乡的风来，明亮了我

①牡鹿：即公鹿，指姑娘其他的情人。

灰暗的天空。我的指尖又能触及你如玉的脸庞。你比以前更加美丽，如盛放的雪莲。我有多少话你可知道？那思乡的愁绪，无尽如雅鲁藏布的江水；那日日学经的沉闷，连最温驯的绵羊都不能忍受；那尔虞我诈的争斗像一场场噩梦将我死死困住。这些我能向谁去诉说？我的天空从此挂上灰的云，从没有想到，我还可以再见你。你就像那道阳光，从我梦中的天堂照耀我。

你是落入我心海的石子，敲开我柔软的心房，一时澎湃。我将心底最隐秘的地方为你展开，只以为你能解除我心中的挂碍。夜夜相守，我仿佛又回到了那年的错那，粼粼的湖水映着你纯洁的脸，你婉转的歌声在我的梦中低徊。

一切看起来都那样美好，可时光怎会真的为我倒流？我忘记你是个美丽的女子，我忘记牡鹿总是有占有的欲望。你身边的追逐者多得已不是我能想象。你是那样美丽的一个女子，带给我一场纯洁的梦幻。地狱与天堂竟然同时出现在你的口中，那些牡鹿究竟从你那里得到了什么？以至于我的秘密就这样坦露在敌人的目光下。

这真是一场人世的闹剧。我是最俗的凡人，追求同世人一样的理想，同时也陷入芸芸众生的茫然，看不透这浮世一场只是镜中花，水中月，那脆弱的爱情也不过是虚幻无常。人世的戏剧我已参演得太多太多场，最终的落幕只盼换个清静的剧场。

仓央嘉措笔下这位幼年结识的情侣正是他还未正式进入布达拉宫时，在家乡门隅所热恋的姑娘。

仓央嘉措的家乡在拉萨南部的门隅错那县。门隅地区一向被藏族百姓视作“白隅吉莫郡”，意为“隐藏的乐园”，乃神秘之境。“错那”藏语意为“湖的前面”，仓央嘉措便出生在那里。门隅是著名的情歌之乡，那里的人们喜歌善舞，“萨玛”酒歌和“加鲁”情歌最是曲调优美，奔放动人。仓央嘉措日后多情品性与卓越才情的形成，与这个美丽的地方是分不开的。

仓央嘉措的父亲是宁玛派僧人。“宁玛”意为“古与旧”，其教理传承自8世纪，并以古代吐蕃的旧密咒为主，又因为宁玛派的僧人头戴红帽，因此也称其为“红教”。宁玛派的教义采取家庭传承的方式，故而宁玛派允许僧侣娶妻生子。仓央嘉措身在家乡时，无拘无束的他自是对儿女情长心怀梦想。那年他在家乡爱上了一位美丽的姑娘，可浓情总是在最化不开时被冲散。仓央嘉措身不由己，他不得不离开家乡，离开心上人儿去远方的布达拉宫，做黄教的六世达赖喇嘛。黄教的教义强调清心戒欲，加之他总是被推向当时政教斗争的风口浪尖，心生厌倦的他住在布达拉宫里无异于是将苍鹰困进了牢房。

于是所有的放浪与风流便有了答案。我们美丽的情郎写下了一首首美丽的诗歌，然而只有岁月真正理解，这样的仓央嘉措经历了多少人世的悲欢。

其四十九

思念让我烦躁不安，

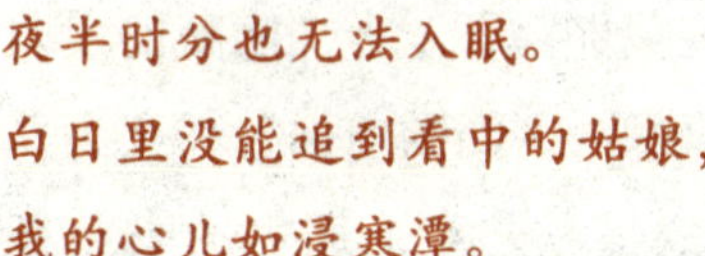
夜半时分也无法入眠。
白日里没能追到看中的姑娘，
我的心儿如浸寒潭。

青春年华里，青涩心绪里情感的追逐是很美妙的事情，明明善解人意，偏偏此时故作糊涂，从此，一个暗里藏情，一个若痴若狂。倒是有些民族的求爱方式更直接些，不那么百折千回，在歌声里便定了情。可是，现实生活中谁也不会羡慕别人的美好，因为每个人的经历都是这个世界里的唯一。在那苍茫空旷的白云边上，小伙子们的情感显得直白而粗犷，火辣辣的太阳也比不上他们火辣辣的心情，那里的大地和天空给了他们毫无矫饰的情感。

可是，无论哪里的女子到底都是水做的人儿，柔顺的外表下盛着至刚的情怀。任那有情的人神魂颠倒，紧紧追逐，在没有确定对方是自己喜欢的人之前，怎么也不流露自己的情绪。痴心的小伙子，早已是心猿意马、心神无法安定，那颗着了魔似的心怎么也不肯安歇，就在白天追逐后的夜里也无法安然入睡，睁眼闭眼间都是姑娘姣好的面容。可是黑夜过后，迎接他的可能又是一个无所收获的白日。就这样，他眼睁睁地看着她，只怪自己无能为力。

白天接着黑夜，黑夜又连着白天，昼夜更替无穷无尽，痴心的人却年华有期，怎舍得让今生的相遇成了生生的遗憾。我看到他忧郁地低下头去，心里有说不出的暗淡。

感情就是那样让人魂牵梦萦、偏偏又折磨人的东西。它在层层叠叠的情绪里，掩饰着真面目，不懂的人只有跟着它团团转，着实折腾人。每个人都有那最初的情感萌动，每个人也都会有那最初的心悸永记心间，无论你是什么身份，什么性别，我们都无法否认最初情绪辗转的美好。诗歌里的主角，轻声地埋怨，不过是源于太急切的心情。太多的渴望，也会让心情躁乱，一会儿斗志昂扬，一会儿便精气全无，反反复复的都是那最美的爱恋。

仓央嘉措在用心写诗，大胆而热烈，无法告人的心情在诗歌里一览无余。世上最美不过的景致，是那最初的心动却不被人知，曲径通幽处自有种天真的神韵。这首诗的语言带着热烈的色彩，一波三折后虽说是心灰意懒，却拉开了新征程的序幕。感情基调也让人看到了单纯里的可爱，可爱里透出淡淡的忧伤，这忧伤是暂时的，短暂得只需伊人的一个眼神就可以驱之九霄云外。

读这样的诗，我们不会有太多的担心，安静地看着年轻人慢慢走近爱情，再慢慢地领会爱的含义。我们也不会牵扯太多的情绪，只是那灵动的情感路里也有我们的青春，我们心领神会时又会品出自己的人生。纯真的东西，毋庸太多言语的点缀，就让它自然地存在吧，在我们的灵魂深处。

其五十

身处壮阔的布达拉宫，
我是雪域威赫的王。

游荡在繁华的拉萨，
我是潇洒汉子宕桑。

真正的情感容不下半点矫饰，它纯真的存在就是对自身的确认，无须张扬的言辞和无稽的行为来诠释。就像需要提醒才能轻松的心情，无法诠释轻松的人生一样，需要经过包装才会显得漂亮的梦境，是梦醒后的自我欺骗，那是内心无法坦荡的人才会做的事。我的心透明如水，情绪的波动清晰可见。无论是艳阳高照，还是乌云蔽日，它都有可以触摸的真实，淡然地迎接明天。

我就是这样从过去走到现在，走向未来，一直没有走失自我。童年那些美丽的景致和美好的记忆早已汇入我生命的海，顺着我的血脉到每一个能让我产生思想的地方。耳边那些朴实的情歌勾起了青春的懵懂，我的心情随着歌声起起伏伏跌宕不停，这些情绪在我的命运陡然转弯后一直温暖着我。在那美丽的草原上，曾有我和美丽姑娘的脚印，当时放牧的心情后来便消失在我的回忆里，因为当回忆来临时我被宿命牵引着好像身陷囹圄，从此有太多身不由己，再回不到当初的开始。还记得那时，放牧累时停下来唱的情歌被草原上的白云听了去，她羞涩地舒卷不停，不平的内心让我怜惜，两人之间的空气也渐渐显得暧昧。

后来，我被推搡着来到了布达拉宫，那里堂皇的美丽刺痛我的双眼，那自然的景致从此在我眼前消失。确切说来，我像是个被人膜拜的木偶，每天重复着同样的动作，如果说你要问我当时是怎样度过的，请你问问别人，他们比我还清楚，因为明天该怎么度过已被他们安排得有条不紊，我的躯体和我的心暂且分离。我不是一个好的演员，却被他们以信仰之名，天天装在匣子里演戏。我自己还停留在那美丽的草原上，如云的羊群，知心的姑娘，原生态的生活，一切真美好。为了让我忘记这些，他们给我起了个不错的名字：持明仓央嘉措。你们都知道，这不是我本来的样子，本来的我将信仰融进了生活，而不是被清规戒律主使。

我说过，我不是能被清规戒律锁住的，我的心在哪儿，我的梦就会到哪儿。即使在睡意蒙眬中，我也能找到我的去处。我把心寄在了布达拉宫山脚下，那里有着最真实的我，如果你见过真实的我，也许就不会再对布达拉宫的我进行苛责。我知道，你们灵魂深处都有着我的影子，因为我们在精神归宿里有着相通的东西，那是被你们无视的美好。你无法否定的自我存在，被我演绎。浪子宕桑旺波，不只是我，也是我们。我喜欢这个名字，它让我感觉到了自己的存在。

每个人，都有两个自己，他们在不同的时候以不同的面貌出现。只可惜，很多人，用表面的自己埋没了真实的自我，还高唱着调子，要去抹杀别人的真实。

这首诗里有种爱恨分明的味道，自己的选择被漠视，他人用意志操纵着自己。不过诗人没有太多的埋怨，他的内心里从没有过顺从的概念，他因他的坚持倒有些兴奋。也许这样的坚持，在某些人看来毫无意义，这些人只会拿表面来做实质，他们不承认内心的需要大于现实。而诗人不同于常人的地方，就在于他们的心里永远有自己的追求，不会为俗世所累，他们的心甩开了尘世的包袱，在精神世界里自娱自乐。

仓央嘉措，像是个纯真的代名词，他从不掩饰真实的自己。他比谁都清楚自己身居要位，只要做出一点点让步，都可能换来另一种结局。可是，无论外界是怎样的血雨腥风，他都敢真实地生活。这样一个纯真的灵魂，却被挤兑得没了去处，最后无法逃脱成为他人争权夺势牺牲品的命运。然而，若能像他这样真实地活一次，也算富足圆满了。

其五十一

南门巴的密林深处，
是我与情人约会的秘密之处。
口舌灵巧的鹦鹉窥到了我们的秘密，
请不要飞到路口四处散布。

晨钟咚咚，像打着闷雷，唤醒了沉睡中的布达拉宫，也推开了我的梦魇。远处的山峦绵延起伏，与白云一起缠绵着走向天边，刚刚苏醒的布达拉宫在晨光中张开眼，继续俯视脚下匍匐朝圣的信徒。喜马拉雅山环抱着珍珠般明亮的圣湖，好像威武勇猛的藏族汉子保护着心爱的姑娘，绿草守护着苍茫的草原和阡陌交错的田野，好像慈爱的父母看护着自己心爱的孩子。

我披上红色的僧袍，手握念珠，一遍一遍唤着你的名字，分不清是清晨的诵读还是夜晚的呓语，不知是不是刚刚的一阵细雨润泽了我干涸的思念，只盼着时间倒转至相见的时刻，或者将冗长的白天换作一瞬，或者将相见的片刻尘封成永恒的标本。到时候我便可以换上俗衣便装前往南门，奔向早已相约的密林深处，奔向你，相会你的万种柔情。

记得那个初夏的黄昏，暮鼓刚刚响过，我轻手轻脚换了衣装，疾步向密林走去，浓郁的森林像一座迷宫，但熟悉如我，总会找到那棵被爱意滋润的树，因为树下有你的气息蔓延开来，指引着我的方向。哪知喜爱你的不止我一个，还有那路口树上聪慧的鹦鹉，它机敏的眼神告诉我它已经发现了这个秘密，它在我身后学着我，用尖尖的嗓音叫道："哦，我心爱的姑娘。"它不断地重复着。我心里又气又恼又觉得有点好笑，难道它也懂得我的心思我的想念？我的想念不敢向你倾诉，相见恨短，我不敢枉然占去美妙的一分一秒，深恐我所担忧的爱的苦果成为你的负担。

我心上的人儿啊，你看起来是那么单纯美好、无忧无虑，你的双眼纯净得如同青海圣湖的湖水，碧波不染微尘，宁静不堪喧嚷，你的心清亮得如同盛夏的草原，蓝的天，白的云，碧绿的草，宛如清新淡雅的一幅山水画。疾步如飞的我，思绪也跟着飞跑起来，那只调皮的鹦鹉会不会曾经飞到我的窗前，听过我的心事？会不会多事地飞到你身边，也这样咿咿呀呀地向你学舌呢？这一次你会不会已经知道了我的爱恋，我的无奈？我的心生出一株藤蔓缠绕的参天大树，慧根纵深、蓊蓊郁郁，只希望那只多事的鹦鹉不会把这些话当作口头禅，飞到哪里都不忘讲上几句。

对仓央嘉措来说，从桑结嘉措将那神圣的光环戴在他头上的那一刻起，爱的苦恼历程就开始了，仿佛这是一座炼狱，其中热与冷，苦与甜错综交杂。也许这就是人生，没有冷就永远体会不到热的炽烈，没有苦也永远体会不到爱的甘甜。他追求自由和爱的心灵从此被深深地束缚。诗歌里面所讲述的偷偷的爱恋，正是仓央嘉措的叛逆，他的疾驰、他的急切，不仅仅是来自对心上姑娘的想念，更是对自由的急切向往，对挣脱枷锁的急切。那街头巷陌的流言蜚语也许他早就听说过，也许那巧嘴的鹦鹉可不止一个。他不想遮掩，只是想给纯真的爱一个私密的空间，因为爱情本来就是自私的吧！

其五十二

守门的老黄狗请听我言，
不要把我的秘密说与人听。
不要说我趁夜走出宫殿，
也不要说我天明才重又出现。

雪山遮掩了大地的威严，可是谁来埋葬我的寂寞和失落。

为什么总是在这里徘徊，为什么总是在这里皱眉，从前的生活梦一般轻盈，时光白驹一般掠过。

黄昏戴月时分，拉萨街头传来了你的歌声，梦绕魂牵攫住了我的心。飞奔的我，生怕错过这爱，怕你我的心灵尚未水乳交融便擦肩而过。再一次出现在你面前，看着你桃花一般的脸，一抹红霞飞过，我就知道，这一刻我沦陷了。这一刻，等待了多久我已经不记得了，我好像穿越了岁月的光年。

于是，从那天起，布达拉宫的侧门变成了我的时光隧道，进去之前我是持明活佛仓央嘉措，出来以后我是浪子宕桑旺波，在街头吟诗歌唱，和年轻的朋友们一起欢唱。只有在浪子宕桑旺波的身上，我的心才能够得到彻底释放。我的朋友们，他们不知道白天的我是布达拉宫里面的活佛，只把我当作酒馆里、巷陌中的浪子、歌者。在他们眼里这个宕桑旺波冷峻而忧郁，这个宕桑旺波只要一瞬间的灵感便能迸发出热情激荡的情歌，这个宕桑旺波是一个昼伏夜出的年轻人，这个宕桑旺波有一个美丽的爱人——达娃卓玛。但是没有人知道，白天的我坐在布达拉宫的最高殿，白天的我，是一个被囚禁的孤魂。这个灵魂只能在夜色中，在诗歌里，在酒杯里，在爱人的怀抱里得到释放。

白天的我是个孤魂，被囚禁的孤魂，没有人可以倾听到我的灵魂叹息，只有那只守着侧门的老黄狗，才是仓央嘉措和宕桑旺波共同的朋友，也只有这只老黄狗知道仓央嘉措和宕桑旺波之间的秘密。每一天，我都在静静的沉默中等待，乘着夜色飞出牢笼的那一刻，那时候，夜晚静谧无声，白云也乘着夜色飘然而过，月亮静静看着一个灵魂的蜕变，雪山脚下的微凉气息氤氲着我欢喜的身体，月光笼罩下，这是神圣的时刻，我带着庄严、欣喜还有匆忙，完成了这灵魂的洗礼。

老黄狗啊，请你千万不要说话，别说我夜晚出宫，也别说我天亮才回宫！我的老黄狗，它聪颖无比，似乎听懂了我的心意。也许它和我一样向往着高墙外的世界，深宫外的天空，向往着自由，向往着人间，向往着真正的生活；也许只有它和我一样，孤独着，寂寞着，渴望着穿越岁月的蜕变，所以它静默着，好像从来没有看见过我。

可怜仓央嘉措，年轻的心被牢牢地禁锢在深深庭院、高耸围墙的布达拉宫之中，宫里冷漠而沉闷的空气，扼杀了他少年的心，也冰冻了他的梦想。他深藏在布达拉宫独自吞噬着寂寞的惆怅和初恋的忧伤，直到有一天他的心灵再一次有了归属，从此以后他开始偷偷地引渡自己的灵魂，他常常在晚上溜出宫去和情人相会，和朋友相聚。这首诗表达的就是这段时间的事情和仓央嘉措的心情，可以看出他的心中有一丝狂喜，也有一点担忧，所以在诗里他再三地叮嘱机灵的老黄狗千万不要说出他的秘密。也许仓央嘉措怕的不是事情败露后他将要接受怎样严重的惩罚，而是他再也见不到他的朋友、他的情人，再也做不成宕桑旺波，那他的灵魂将会被永远地压制，而这样的他与死亡又有什么区别！

其五十三

夜里与情人相会，
天明落了纷飞大雪。
雪地清晰的脚印，
让我的秘密暴露人前。

那一次，拉萨街头邂逅，注定了今世的姻缘；那一次，你启齿嫣然一笑，我的心被彻底俘获，在爱的国度，像飞蛾扑向蛛丝，从此断不了相思。

再见你时便有了那般电光火石的碰撞，曾经我的悲伤静止了时间，现在的你静止了我的时间。从此以后形影相随，我的世界在快乐和思念之间拉扯，变得多彩，那蓝的天空，白的云彩，火红的僧袍，湛蓝的湖水，大片大片的纯色，在别人眼里这样的风景彰显着神秘的宗教气息，而在我眼中这是多彩的世间生活。于是有了后来的朝思暮想，也有了后来的夜晚相会。我庆幸在夜晚又做回了本来的我，吟唱情歌，追逐欢乐，不去想那些冗长的教义和规诫。

可是这样一来，黑夜短暂，白昼却显得漫长。白天在佛堂打坐，或者在佛床冥想，有时候也会数着时间的步伐，心里想着小酒馆的热闹。暮色四合下，蕴藏着我们的秘密，宫门口机灵的老黄狗，早就成了我的好朋友。

笙歌渐渐远去，最难是别离，东方即白，天将破晓，站起身来，窗外大雪飞扬，卷着初春的寒意扑面而来。心中不免有些担忧，雪地上行走必定要比往日慢了许多，要赶在小喇嘛起床开启宫门之前回到宫中恐怕有些困难，匆匆分别后，快步赶回宫殿，换衣、安坐。再一次远望窗外归来时的路，这个初雪的早晨，白色的雪花纷纷落下，无声无息滋润着雪域高原的万众生灵，夹杂寒意的朔风又好像珠峰的仙女在低诉这个冬天的寂寞难耐。霎时间苍茫天地，变成了一片白雪的海洋。高原的雪峰静默着，仿佛还没有从寒冬的沉睡当中苏醒过来；大地沉默着，仿佛在细细品味这初雪的味道；拉萨的阡陌田畴沉睡着，仿佛在孕育着全新的生命；街头的小酒馆仿佛也依然沉睡着，安慰着昨夜躁动不安的灵魂。这晶莹的雪花，在空中翩翩起舞，世间像是被覆盖上了一层浓浓的晨雾，却没有覆盖住我归来时的脚印，原来幸福就像雪花，伸手触及它就会融化。

早晚要有个结束的，田野小巷间人们笑声的背后，有赞许有嘲讽。赞许也罢，嘲讽又能怎样？爱就是要纯净、刻骨、毫无保留、执着隐忍、一往无前，即使全世界都说我是反叛者，那又如何？你肌肤的温度，终究会温暖我的心。纵使离经叛道，只是为了爱便值得！

仓央嘉措的感情从他身份改变的那一刻便悄悄发生了变化，初恋情人成了别人的新嫁娘，初识的情人刚刚抚慰了他的心灵创伤，这段恋情却被放置在风口浪尖上。对于经历过爱情伤痕的他来说，也许这个时刻他对佛理中的人生无常，终有生死一类的说法有了更深的理解。这一次，为了追求他的爱，他甘愿站在风口浪尖上，任凭惊涛拍岸，不动声色；他甘愿站在高山悬崖上，即使寒风凛冽，也不再躲藏和退缩；他甘愿反叛全世界，因为如果没有了爱，那么赢得全世界又能如何！

其五十四

就是豺狼虎豹，
喂熟了也会和你亲近。

只有家中的母老虎，
越熟悉对你越凶恶。

当母亲带给我这个绝望的消息，我整个人钉在了原地，石像一般无法动弹，也无法思考。记得在藏南家乡，无边的草原上，对着天空和大地我们曾经许下共同的誓言，今生今世，非卿不娶，非君不嫁。难道这些都已经随着草原的风逝去了吗？茫茫苍天不曾改变，朗朗誓言犹在耳畔，如今你却让别人为你披上了新嫁衣。还记得当时年纪小，你我在初春的草地上谈天说笑，那时的我们觉得天永远会这样蓝，云永远会这样白，无忧无虑、自由自在的日子也会永远不会改变。只是春天来了，却又离开了，格桑花开了，却又谢了，四季交替中变换了草原上的风向。我以为我们会永远守着誓言，对着太阳的方向不断祈祷，祝福这美好的日子，这纯真的感情能够像蓝天白云、高山玉湖一样永恒，以为这永恒能够越过山水阻隔，能够跨过时空边际，把你我的心连在一起。

可是，我没有想到，桑结嘉措的双手，将光环赐予我的同时，也剪断了你我的半生情缘。现在，拉萨的朔风吹来了你的消息，那是你的婚期，我的心顿时铸成了铁一般坚硬的容器，里面装满了伤心的泪滴。曾以为，如果我是高原上绵延的山脉，你便会是偎依在我怀抱里的一面湖水，恬静悠然；如果我是高天上的流云，你便是飞翔的小鸟，唱着动听的歌，与我常相伴；如果我是草原上来去自由的风，你便是风中的尘沙，永远跟随我的步伐。只是现在我知道了，也许湖泊看到山脉已经走向了遥远的天际，仍然不肯停歇，流云追寻着月亮的光辉飘得越来越远，而草原的风也吹向了不知名的远方，在那里尘沙闻不到故乡空气中那醉人的芳香。也许是前生我修行不多，所以今生一定要去圣地拉萨追悔我前生的亏欠，要我用青春、爱，甚至生命来作为代价。

玛吉阿米，我心爱的姑娘，想你也是不得已才这样选择。也许你我都一样，面对人生的无常，没有选择的权利，也没有追究和抱怨的时间。世上的痛苦有的可以逃脱，有的却躲避不得。在原始森林里偶遇凶恶的豺狼虎豹，只要割下一块肉，满足了，它们便会离去。可是心爱的姑娘啊，你给的伤痛，这失去的痛苦像苍天的鹰隼啄食着我心上的血肉，不知何时才能终止。夜阑人静时，回忆慢慢浮现，我仿佛又回到了家乡的草原，只是梦里的你越是温柔可人，醒来的我心就越疼。我甚至不敢回想梦里的风，它阵阵追着我吹来，仿佛一句一句地数落我的离开，又好像一把锋利的藏刀，一寸一寸割着我的肌肤。

仓央嘉措的情歌总是不动声色地叙述着常见的情景和故事，字里行间却饱含着他的情感故事。失去爱人的痛楚堪比野兽的攻击，因为野兽只是山间偶遇，没有任何感情牵绊，它只是想觅食，有了食物便不会再费力撕咬，可是被朝夕相处的家畜伤害却让人伤心难过。明明我付出了款款深情，却为何遭到你的伤害！爱本来如此，爱得越深伤得越重，最深爱的人往往伤人却是最深！

其五十五

海誓山盟的情人，
嫁给了别人为妻。
我愁肠百结相思成灾，
为她憔悴得几乎委地成尘。

魂消骨瘦总是无数人相思成灾的模样。当年柳咏一句“衣带渐宽终不悔，为伊消得人憔悴”道尽了多少痴情的苦。再远一点，我们可以说到《诗经》，其中有首诗是一位陈国男子在月下思念佳人时的心意表达，他说：“月出皎兮，佼人僚兮。舒窈纠兮，劳心悄兮。”《诗经》里升起了中国最浪漫的月亮，从此月光最是相思。仓央嘉措的诗里没有月亮，他只是喃喃地说着自己热恋的情人成了别人的新嫁娘，而自己早已形销骨立。这样的痛楚早已是说不得道不得，只那平平实实的一句，便可在旁人的心里落下闷闷的一记响雷。

都说女子痴情，总为男人受着情苦，可也总有如仓央嘉措这般的男人，情到浓时可以魂不守舍，可以至死方休。宋代词人姜夔曾写道：“人间离别易多时，见梅枝，忽相思。几度小窗，幽梦手同携。今夜梦中无觅处，漫徘徊，寒侵被、尚未知。湿红恨墨浅封题，宝筝空、无雁飞。俊游巷陌，算空有、古木斜晖。旧约扁舟，心事已成非。歌罢淮南春草赋，又萋萋。漂零客、泪满衣。”这首《江梅引》写的亦是相思。相思只因人间多离别。姜夔的相思满满地都是回忆，那些美丽的风景里没有了你，只是古木夕阳。夜夜思，日日想，相思让姜夔的泪湿了衫袖，让仓央嘉措憔悴。他是一个收回对佛祖誓言的僧人，进入这花花世界，定然要受这人世的情苦。

这寄托相思之物不得不提的是红豆。红豆成为相思的化身最经典的莫过于王维那首《相思》：“红豆生南国，春来发几枝。愿君多采撷，此物最相思。”红豆是红豆树、海红豆和相思子等植物种子的统称。据当年郭沫若考证，王维诗中的红豆实际为海红豆，色艳红，似心形，材质坚硬，似在表达爱情的坚贞。关于相思树，自然也有些凄美的故事。干宝《搜神记》卷十一有载：战国时宋康王舍人韩凭的妻子何氏姿容出众，康王夺之。韩凭知道后自杀。何氏不堪宋康王之辱也投台而死，遗书愿合葬。康王不甘，大怒，使里人将二人分埋，两冢相望。不料一夜之间，有大梓木生于两冢之端，旬日而合抱，根枝交错，又有雌雄鸳鸯栖宿树上，晨夕不去，交颈悲鸣。宋人哀之，因称其木为相思树。

谈及相思，又怎能不谈纳兰词。细说起来，纳兰若容与仓央嘉措虽相隔万里，但二人的命运如出一辙。一个位极人臣，一个雪域人王，明明都有不可限量的未来，却都看轻这淡利浮名；一个为情痴，一个为情圣，明明都是三尺男儿的身，却都情长不输女子，一生为情所苦。

纳兰也说相思，他说：“青陵蝶梦，倒挂怜么凤。退粉收香情一种，栖傍玉钗偷共。愔愔镜阁飞蛾，谁传锦字秋河？莲子依然隐雾，菱花暗惜横波。”如果仓央嘉措的相思是幅水墨画，墨即是色，质朴自然，那么纳兰的相思便是工笔画，细腻精妙于毫厘间。纳兰诗中不见相思，却字字相思，那相思便是你所有的东西都在身边，却唯独你不在……物是人非事事休，这泪流尽了，这字字便是浸透了相思的血泪。

相思相思，为何人人都知情这般苦却都宁受这苦？也许是因为最美的情花，就开在这相思的泪里，最铭心的爱就留在最刻骨的痛里。

其五十六

我心头的姑娘难道是被人拐走了？
我求签问卜求寻她的去处。
姑娘天真烂漫的笑容，
如今只依稀浮现在梦中。

梦仿佛是这样一个地方，日日盼望的事求之不得时，你可在梦里一时实现；日日思念的人不得见时，你便可以向梦中寻找。我求神问卜都问不来你的去处，若失了梦，叫我怎堪忍受这无尽相思？

这想见不得见的愁苦，多少人在梦里有了慰藉，哪怕梦里一见那相思会更入骨髓。连豪放词派的苏东坡都柔情万种地将这思念寄给了梦：“十年生死两茫茫。不思量，自难忘。千里孤坟，无处话凄凉。纵使相逢应不识，尘满面，鬓如霜。夜来幽梦忽还乡，小轩窗，正梳妆。相顾无言，唯有泪千行。料得年年肠断处，明月夜，短松岗。”十年生死相隔，纵使梦里相见，才情如苏东坡都只顾泪眼迷茫，看着爱人的面孔，竟说不出思念的情话，十年红尘形单影只，纵使梦你见着我，也许再也认不得，我仍是孤单。那点豪放的诗风被凄凄切切的愁绪浸染得哀怨婉转。

仓央嘉措不是豪放派，他只是个温柔的情郎，反倒是他，表达起思念来，从不曲折。他白日里打卦求签，想问个明白这姑娘的去处，于是夜有所梦，这短短几句话，直直道出了无尽的思念。他总是这样直白，就这样将一个活佛世俗的心摆在所有人面前，不遮掩，不避讳。这相思本就是人间至情的产物，又何罪之有？

能入得梦来也是件幸事吧，还好我的相思能载着你穿越万水千山到我的梦里，你可知有人连梦都梦不得……晏几道写道：“梦入江南烟水路，行尽江南，不与离人遇。睡里消魂无说处，觉来惆怅消魂误。欲尽此情书尺素，浮雁沉鱼，终了无凭据。却倚缓弦歌别绪，断肠移破秦筝柱。”那无法摆脱的相思萦绕，晏小山入眠，恍惚梦境，似是回到那年江南。“烟水”是江南的秀丽婉转，却也是梦境迷离。梦里寻尽江南，却无法寻得心心念念的情人。这梦无法给一颗焦虑的心以安慰，这一腔思念无由寄托，惊醒了离人，满目惆怅。这便是梦不到。苦就苦在小山一生所遇女子，总如浮萍，聚散只得朝夕，见不到，梦不到，那相思就连寄也寄不到，这愁怎能不结成毒，连筝柱也受不得这般苦，倒是助他宣泄了断肠的苦楚。

古人常借抚筝抒情。筝至今已有两千多年的历史，在演奏时发出“铮铮”的乐声，便称其为“筝”，又因其“古”，称其古筝，而筝乃“真秦之声也”，故而历来亦有“秦筝”之名。古筝来自远古，最善于表现的，便是那古朴雅致的情趣。其演奏时，声音流畅，如流水淙淙，甚具魅力。筝一般用梧桐木制成，弧形面板，面上张弦，每弦一柱，左右移动柱码可调节音高。晏几道诗中的“秦筝柱”指的便是它了。词人移破这筝柱，可见其苦。

不论是直直地表白，还是细腻地表达，这梦是相思之处，是相思之慰。哪怕我知道那梦中的你是罂粟花的化身，我醒来以后，那梦里的你会嗜我的血，纵使有时梦境成虚，令人平添愁苦，我也要见你，哪怕只有一眼。

其五十七

大家都在说我闲话，
不过这闲话说得没错。
我确实迈着轻快的步子，
去了街头卖酒的人家。

对于爱情，我不想说得太多，太多的言辞会让它变得复杂而不真实，就这样用心地爱着体会着已经足够。但是，芸芸众生形形色色，各种层次各样风格鱼龙混杂，爱说闲话的人更是屡见不鲜。自己的事自己还没有明白，已被他们顺风

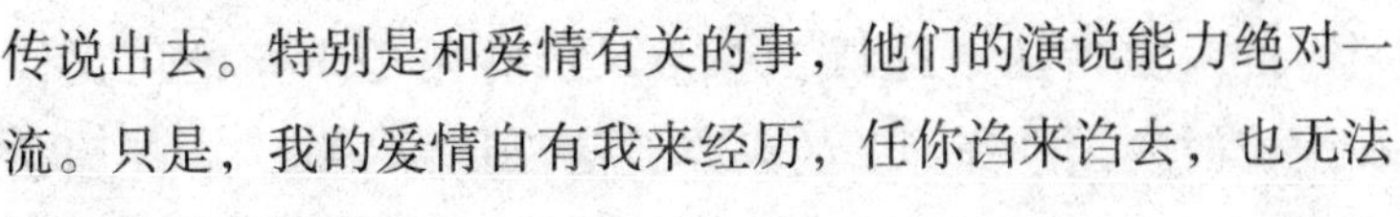

传说出去。特别是和爱情有关的事，他们的演说能力绝对一流。只是，我的爱情自有我来经历，任你诌来诌去，也无法说出我的心情来。

曾经，我也把这些闲言碎语当成真实的故事来听，那只是儿时的事情，现在已经知道爱就是两个人心灵的交汇，可以没有故事、没有语言，甚至只是一次擦肩而过的眼神，从别后再无相见。有时候，爱就是种空白，聋子爱上瞎子也可以在无声无息里演出人生的至爱，这是那些只会捕风捉影宣扬自己演说才能的人，永远也无法明白的事实。

不过，有些人生就一颗慧心，能在天地之间捕捉灵性，让花花草草都跟着灵动起来。他们的心超越了世界的边界，也可以说没有了明确的边界，在无限里延伸，接近生命的真实。我的爱就碰到了这样一位脱身于自然的女子，她的出现让我的生活变得缤纷起来，在心神安宁的境界里悠闲地呼吸。自从相识的那一天，我就感到了这种爱的无限，在每一个冥思静想的时刻，我都忍不住想在自然里找一种最美丽的事物、语言、声音，或者是超于世外的抽象感觉来对应她的美好和真实，但我发现在我脑海里出现的任何一种事物、语言、声音或是抽象的感觉都无法和她相提并论。她是从天上坠落的不可言说的美丽，在生命的无限里布施。

可是，我们的相爱让上天都嫉妒了，坠入人间的仙子也无法摆脱尘世的闲话。我为没有保护好她而歉疚，她会说话的眼睛看穿了我的心思，微笑不语，转过身去，望着远方，告诉我：我们在那里也在这里，不要让我退出这里。我明白了她的意思，她说我们在心灵的深处相遇，也在俗世里相处，她接受了心与心的相知，也要和我一起承担俗世里的琐碎。我为有这样的知己欣慰，再多的纷纷扰扰也敢于面对，因为出世入世我们的心都在一起，出生入死我们的心永不相弃。

让一切淡淡地来，让一切自然地去，我不再害怕，不再抱怨，也不再苛求。让真的永远纯真，让假的等着风化，只要我们的心灵相会，让一切闲言碎语自生自息。

仓央嘉措在爱情里永远是无畏的，他明白自己渴求的不是世俗的功名利禄也不是故作纯真地哗众取宠，他知道内心的安宁只有和心爱的人在一起才能得到，所以，无论身在何方他都选择对相爱的人不离不弃，相伴相依。

当被推上达赖喇嘛的位子后，他比谁都清楚他的选择会带来怎样的结果，但是，他没有顾忌，也从不因为戒律清规怀疑自己的坚持。这一切，让我们对他青睐的女子产生很大的好奇，究竟怎样的蕙质兰心、超凡脱俗为她赢得了仓央嘉措永世的爱，也许她偏离一切揣测之外，她只是她自己，无法言说的美让有心的男子甘愿驻足。只是，那一世，他遇见了她。

其五十八

林中巧嘴的小鹦哥，
请你暂停活泼的鸣叫。
柳树枝头的画眉阿姐，
正要为我唱首悦耳的歌。

拥有一颗闲适的心是一种宝贵的财富，而闲适往往来自于纯真。现代社会生活节奏越来越快，能拥有闲适的人也越来越少了，这是生命的一种反常现象。曾经，我们以为创造的物质财富够我们生存了，就可以停下来看看路边的风景，如今，社会越来越富裕了，我们的闲适反而被财富排挤掉。

现在还有多少人会在心里唱一首朴实的民歌，唱给那林间的鹦鹉和画眉，而就在那时曾有一个诗人将这样的幸福满溢在他的语言里。无论外界的风云怎样变换，他在内心都有个自己的林子，在林子里有他的诗篇。也许他诗歌里的那只鹦鹉代表了扰乱他幸福的因素，在他的一生里，幸福在戒律中渐渐消逝。他从幸福的天堂坠入痛苦的地狱，其中的落差只有他自己最清楚，在噩梦复制着噩梦的日子，纯真的他留下的诗篇却依旧落尽繁华。

没有人问过他的梦在哪里，他的生命被别人拼接，参照的是宗教的清规。其实，信仰是人们心灵的方式，在他身上却成了刑具。他的信仰不在这里，在路边的小草和小溪里，在巍峨的山和蓝天里。他以孩童的纯真为自己的王国判定是非标准，他认为画眉比鹦鹉漂亮、比鹦鹉的歌喉动听，他就告诉鹦鹉哥哥消停一会儿，让画眉姐姐唱歌。他其实不讨厌任何一个存在，他和它们都是亲密的伙伴。

等到他的纯真被人无视并侵犯的时候，他也用当初的办法来告诉现实里让人讨厌的“鹦鹉”，不要剥夺了他欣赏美好的权利。我为他保留的这份纯真感动，倘若时光倒流，真想和这个至真的诗人做一世的朋友。只可惜，他的呼声没有人能听得见、能听进去，他们只会死守着僵硬的教条任年华老去，虚度自己生命的同时也破坏了别人的幸福。

现在读来，这样的语言仍让人莫名地感动，无法言说的美在唇角画出美丽的弧线，不知该为这个世界庆贺有一位有心人曾经来过，还是该为这本真的缺失而遗憾。关于诗人最终的消失成了一个谜，无论别人怎么言传，我都愿意相信，消失后的他和心爱的姑娘找到了安身之处，他继续着他的纯真，再没有政治的纠葛。

应该感激的是，历经岁月的变迁，历史的河流把他美好的心智冲刷得更加璀璨夺目。他的诗篇不知拨动了多少温情的心，在未来又不知会被多少人解读、阐释，但有一个主色调是永恒不变的，那就是他对纯真生命的坚持和对爱的忠贞无悔。我相信，每一个曾被他温暖过的人都会记得他的名字！

其五十九

即使龙魔冲我张牙舞爪，
我也不会惊慌逃跑。
不管后事如何，
先把面前香甜的苹果摘下再说。

读到这首小诗时禁不住让人想起狄金森的那首有着同样纯真的《篱笆那边》，在这两首诗里都跳跃着一颗单纯而

童稚的心，那心跳是源于对鲜红欲滴的草莓和香甜苹果的渴望。当幼小的心里有了这样明晰的渴望时，生活和梦都变得具体了。那想象中的甜蜜已足够甜到孩子的梦里，只是，这样的渴望得到实现似乎也是一个艰难的过程，不然怎么需要爬过篱墙、战胜凶恶妖龙？

每个人在生活中都会有些小小的愿望，这些愿望点缀着他们的路途，小时候的一个玩具、一种鲜美可口的食物或是一句用心的称赞，都足以让我们快乐无比；慢慢地长大后，我们的眼光看到了别处，在经过的陌生处寻找不到新的温暖，那儿时的愿望或是感觉就成了我们身边的小火炉，在感到冰冷的时候拿出来取暖。

只是，那种美好已在现实里找寻不到，那篱笆的阻隔和凶恶妖龙的拦阻会让我们怯于行动，诗人则无须考虑这些。他们能在自己的灵魂里超越现实的阻隔，把一切抛在脑后。狄金森把行动与否的问题抛给了上帝，而我们的仓央嘉措却把困难留给了自己。他不去管“龙魔”具有多大的力量，他也不去问行动后会给自己带来什么样的灾难，他只知道自己理所应当地需要，他决意抛开一切束缚，保持着那份纯真，按自己的本性自主行事，去追求心目中美好的东西。

从一开始他就没有失去自己，无论面对什么样的境遇，他都有自己的坚持。早年在乡村生活的时光，给了他浓郁的柔情，至柔也是至刚的真谛被他演绎得十分透彻。当满腔的柔情被当权者糟蹋不顾时，他的刚性就抬起头来，捍卫自己的生存法则。

仓央嘉措，有一个纯真执着的灵魂，从他的人生拉开序幕起就没有更改过。当遭遇命运的变幻莫测时，他把郁闷和相思留在心里，退到自我的范围内思考人生；当和心爱的姑娘再度相见后，他原本无法沉睡的心更显得火热，不追逐名利，只为一个她，在和“龙魔”的斗争里出生入死。他从没有退缩过，哪怕是在最危险的时候，他也决心摘到那香甜可口的“苹果”，也决心为自己的渴望迎接生命的挑战。

我们不去评价那有形和无形的枷锁，因为对于一颗自由纯真的灵魂来说，生命不止，自由之火不熄。只是我们无法理解他们为什么不能接受那么美好的追求，哪怕只是用来为自己积德，成全别人的幸福也是值得做的善事。也许他们有他们的生存法则，也许他们的生存法则里没有追求幸福这样的信条，也许他们根本不懂什么是一个人最起码的幸福，他们不过是麻木的利欲熏心的一群小丑，在历史的瞬间挡了有心人的道。

时过境迁，我们从未听到仓央嘉措追问这些，我们也尊重他的选择，给他留出时空来安静地享受幸福。

其六十

美丽的仙女意抄拉姆，
本是猎人我捕获的猎物。
暴横的君王却夺人所爱，
将我的爱人从身边抢走。

传说，有一位仙女名叫意抄拉姆，她的笑甚至能夺走勇士的心魄。可我是比勇士还要英勇的猎手，就是我把那位美丽的仙女捕获。这仙女啊，来自乾达婆天，身体轻盈如天边的云彩，体香阵阵不是人间的芬芳，就连她走过的地方，也会开出美丽的格桑花。这位美丽的仙女要同我一起度过人间的岁月变幻，可上天总是容不下美好的姻缘，诺桑王子看中了我的仙女，竟将她从我身边夺去。

此时的仓央嘉措想必是失了心爱之人。他借用了民间流传广泛的戏剧《诺桑王子》的情节，来表达自己苦闷的心境。

《诺桑王子》源自《甘珠尔》。它的流传同青藏高原的雪一样古老。仓央嘉措诗里提到，美丽的仙女是被抢去的，而在《诺桑王子》里，故事的情节并非如此，它讲述的是一个动人爱情传说：

很久以前，一位叫南国日登巴的国王为了振兴自己的国家，便派人到北国额登巴的莲花神湖去拘捕神龙。北国的神龙知道以后，便向住在莲花神湖边的猎人邦列金巴求救。英勇的猎人帮助了神龙，帮它赶走了敌人。神龙为了报答他，便送他一件名叫“桑木派”的神物。

一日，猎人在乌日楚山后的仙湖中遇见了乾达婆天界的七仙女，便想用“桑木派”抓住其中为首的仙女意抄拉姆。这时，一个居住在乌日楚山洞的隐士告诉猎人，说要抓住意抄拉姆须用龙宫的捆仙索。于是，猎人重回莲花神湖，用“桑木派”换得了捆仙索，抓住了意抄拉姆。原本他想迎娶这位美丽的仙女，让他成为自己的妻子。可是那位隐士劝他，说猎人是不能与仙女成婚的，还不如把这位美丽的仙女送给北国那位英俊贤明的王子诺桑。猎人听从了隐士的话，带着意抄拉姆来到诺桑王子的宫殿，将她献给了王子。

故事并没有讲完，可我们知道，那位击退敌人，帮助了神龙的英勇猎人其实是自愿将仙女送给诺桑王子的。仓央嘉措借用了这个故事，却用自己的遭遇改变了情节。有人横刀夺爱，仓央嘉措的内心必定承受了极大的煎熬。身为世俗人王的六世达赖喇嘛，竟无法保住自己的爱人，就好像一个可以击败巫师、捕获仙女的猎人，却斗不过一个有权势的凡人一样，那是一种怎样的无奈与愤懑？

我们继续讲那个美丽的爱情故事。美丽的爱情并不在于它有多少的花前月下，而在于它虽历经岁月打磨，历经千般曲折却依然保持灿烂光华。

英勇的王子见到了美丽的仙女，与意抄拉姆形影不离。他们的恩爱引起了其他嫔妃的嫉妒，她们便想办法骗诺桑王子离开了王宫，想要挖出意抄拉姆的心肝。危急时刻，美丽的意抄拉姆飞回了乾达婆天。诺桑王子回来后不顾一切地寻找他的爱人。他历经了千难万险，踏遍了万水千山，闯过了层层考验，没有什么能阻挡他的脚步。终于，他到达了乾达婆天，接回了美丽的仙女。

这本是个美丽的故事，可仓央嘉措却用它表达了求之不得的痛苦。爱情至苦之处莫不在此。

藏族民间故事善用仙女作为主人公，在故事中，仙女也大多是美丽、正义和善良的化身。雪域高原屹立的山峰、纯洁的湖泊都是藏族百姓心中纯洁的女神。藏族妇女还过一个特殊的节日叫“仙子节”，关于这节日的起源，也与一个仙女的爱情有关。传说大昭寺的守护神母玛索杰姆的女儿白拉姆爱上了一位凡人的将军，但她的母亲反对这段姻缘，硬生生拆散了他们。从此以后，白拉姆只能与情人隔着拉萨河相望，每年的藏历十月十五日才能相会。你一定在哪里听到过这个似曾相识的故事，对，就是牛郎与织女的故事。看来，人之至情至爱总是相似，情爱之至痴至苦总离不开思之不见、求之不得的痛楚。

藏族姑娘过仙女节，汉人姑娘过乞巧节，为的都是祭奠一对对痴情男女，祈求人世姻缘再无波折。

其六十一

姑娘你在此当垆，
我日日沉醉于杯中美酒。
今生没有别的希望，
只愿与你和酒浆长伴醉乡。

仓央嘉措这首诗，道尽了他的精神寄托。佛法虚无，何处才能握住实实在在的人生？那拉萨的酒肆里有醉人的美酒，有心爱的姑娘，这才是人世，这才是风流少年的向往之处。我是白日佛堂里的尊者，却愿意入那酒肆做浪荡的宕桑旺波。这样的仓央嘉措难免让人想起柳永。

他曾追名逐利，是大宋景祐进士，官屯田员外郎；他的家族世代为官，最终他厌倦了官场；他为人放荡不羁，终生潦倒，死后由青楼女子捐钱葬身；他才情卓越，词工绝佳，世人常说，“凡有井水处，皆可歌柳词”。与仓央嘉措一样，他厌了这浮世，于是他说，“烟花巷陌，依约丹青屏障。幸有意中人，堪寻芳。且恁偎红翠，风流事、平生畅。青春都一饷。忍把浮名，换了浅斟低唱”。

你看他，与仓央嘉措一样，恋那烟花巷子，恋那里美丽的姑娘；与仓央嘉措一样，他在人世风流，享平生畅快；与仓央嘉措一样，浅斟低唱，忍把浮名抛散。他们都有相似的矛盾，一个在情与佛之间，一个在情与名之间。仓央嘉措问：“世间安得双全法，不负如来不负卿？”柳永安慰自己：“浮名利，拟拚休。是非莫挂心头。”如生得同时同地，这样的两人相遇会擦出怎样的火花？

然柳永与仓央嘉措还是不同的。仓央嘉措少时浸染了太多俗世人情，被生生推上佛教大德的高位，自是有些不惯，加之天性使然，时运所济，抛洒浮名乐意为之。可柳永仍是有些不甘的。

柳永家中世代为官，他本渴慕这名利，愿入这官场的。可少年时在家乡勤学苦读，希望能传承家业的柳永到了京城，那骨子里风流的性子便好像三月的桃花旺盛得不可收拾。他流连风月，与歌妓交好，与仓央嘉措一样，他把那风流的俗世写进了词中：

像那“近日来、陡把狂心牵系。罗绮丛中，笙歌宴上，有个人人可意”，像那“知几度、密约秦楼尽醉。仍携手，眷恋香衾绣被”。

好一个风流的浪子。

只是柳永这求官的路总也不畅，那看似叛逆的不过是官场失意后的些许牢骚话："富贵岂由人，时会高志须酬。"最后，他的那句"忍把浮名，换了浅斟低唱"让端坐庙堂的皇帝恼怒，于是柳永只好在酒楼妓馆间"奉旨填词"。

柳永风流，却也是个多情种子。他的儿女情长情虽凄婉缠绵，却不似靡靡之音。你听那《雨霖铃》：

"寒蝉凄切，对长亭晚，骤雨初歇。都门帐饮无绪，留恋处、兰舟催发。执手相看泪眼，竟无语凝噎。念去去、千里烟波，暮霭沈沈楚天阔。

"多情自古伤离别，更那堪、冷落清秋节！今宵酒醒何处？杨柳岸、晓风残月。此去经年，应是良辰好景虚设。便纵有、千种风情，更与何人说？"

多少离情发生在这冷落的清秋里。鸣蝉声声凄切，鸣碎了我的心。骤雨初歇时，多少次与你一同看这雨后淡淡远山清明。今次你我依旧在这里，可如今，我只能执你的手，你脸上的泪映出我深深的依恋。身后船家的声声催促，搅乱了我的心绪。想此次别后，明日的我醒来便再不见你明媚的笑颜，只有西湖岸边的垂柳伴着我的每一个晨昏交错。我这一生的快乐是寻得你这样一个知己，那杭州的风物纵使千般妖娆，没有了你，却也形同虚设……

多情的才子一生潦倒，死时一贫如洗，幸得他生前结识的红颜知己们集资营葬。每年清明，歌妓都相约赴其坟地祭扫，并相沿成习，称之"吊柳七"或"吊柳会"。后人诗云："乐游原上妓如云，尽上风流柳七坟。可笑纷纷缙绅辈，怜才不及众红裙。”

不论仓央嘉措还是柳永，他们共同之处便是为世人留下了关于情的缠绵，关于情的潇洒。最贴近俗世的爱与欲，最能为世俗所领悟，或许这就是为什么，他们的声音总能响在最平凡的人心里。

其六十二

暴风夹杂着沙石，
使苍鹰的羽毛纷乱不堪。
姑娘虚情假意的话语，
让我心烦意躁。

仓央嘉措的内心此刻一定遭逢了极大的创痛，如同被暴风狂沙摧折过的鹰羽。多情的他遇到了虚情假意的姑娘，这样的欺骗实是人间伤人最重的刀。

仓央嘉措的这首诗可以用这样一句诗做注脚：“多情自古空余恨。”怪只怪仓央嘉措太多情，都说先爱上的人会输，这便是多情的恨。恨归恨，哪怕此恨绵绵无绝期，仓央嘉措还是对骗他的姑娘动了真心，否则何来憔悴之说？他的身上流着多情的血，和世上千千万万多情的人一样，怕就怕他为情人憔悴成了瘾，不管那人是不是真值得他这样做。

真正爱上一个人你才会知道，为了情人忧思憔悴也是爱情的风景，正所谓“一日不思量，也攒眉千度”。这样的情

绪让爱情变得凄美，于是它便在每个情人心尖血的浇灌下开得更加艳丽。如果对方是个对你真情实意之人，也不枉你憔悴一场，可仓央嘉措此时并没有那么幸运。也许这人世多情就是应了无情而生，于是情花便开成了毒。情花之毒无药可解，一旦沾染便至死方休。柳永那首《蝶恋花》道出了个中境界：

“独倚危楼风细细，望极春愁，黯黯生天际。草色烟光残照里，无言谁会凭栏意。拟把疏狂图一醉，对酒当歌，强乐还无味。衣带渐宽终不悔，为伊消得人憔悴。”

凭栏倚危楼，满目春色尽收。这春总也美，却总也愁。心里的愁绪由内而外，伴着暗淡的天光云影早已生到了天际。“望极春愁”，恐怕望不尽吧。望不尽春愁，便借酒浇愁。可对酒当歌，身侧失了伊人相伴，这心曲谁能会意？这无味的欢乐，不乐也罢。夕阳残照，如我憔悴的灵魂，憔悴又如何？柳永说：“衣带渐宽终不悔。”这句话，柔情万千，却写得坚毅。可能是太过坚毅，以至于这句“衣带渐宽终不悔，为伊消得人憔悴”被王国维当作成大事者必经之境界。无论如何，这柳永已是深中情毒了。你以为这情毒中得至深，却不知还有更甚者：

“春日游，杏花吹满头。陌上谁家年少？足风流。妾拟将身嫁与，一生休。纵被无情弃，不能羞！”

春日融融的日光里，陌上少年风流的身影，才是这满城繁花里最美的风景。这少年也怕是情花的化身，只消一眼，便中了你的毒，只消一眼，我便想将自己的生生世世交与你。想许你海誓山盟，却仍觉得不够表我情浓。纵然这情意被你无情抛弃，我也只想告诉你我的不悔。对着一见钟情的男子，需有多坚定的心才能道出“纵被无情弃，不能羞”的话来？这情毒中得深深入了骨髓，随着七经八脉流遍了全身，可偏偏不能解，也不愿解。这便是情花之毒，来势汹汹，能让人失去理智而不想被救赎。

其六十三

印度之东有妙姿孔雀，
工布之谷有丽音鹦鹉。
所生之地遥隔千里，
它们却会聚于拉萨城中。

有一种缘分是山山水水隔不开的，双方多年的努力无形中好像都是为了一个目的。这冥冥之中的安排，结局或许在戏剧没有上演的时候就已经写好，分分合合都不容改编。其实，只要经历过人生艰难旅程的人，都相信这种不算科学的解释。当我们面对翻云覆雨的命运无力抗拒时，也许只有这样的解释才能让心稍稍平静一点。

我始终相信是老天让我们相遇，这种感觉在你出现前就已经很浓烈了。我始终有种预感，就是和一个唯一能让我的内心安宁的人在这里相遇，不知道是哪一天，也不知道以什么样的形式，也不知道她的样子，我只知道这种只在我们之间存在的感觉。在我们相遇之前，一切都是平常的过场，都是在为那一天铺叙。

换一种说法，更能让这样的缘分具体可感。你可知道印度的孔雀和工布川的鹦鹉，尽管出生地不同，为什么能在拉萨相见？这是它们前世的相约，在今生里继续。人与人之间也是如此，前生的缘分未了，会在今生里再续前缘。如果彼此间的情意太深，这种缘分就会一直不散。我不知道你是否也相信这样的神话，不知道你是怎样感知爱情的，我知道始终都有一盏穿越千年的灯火，在远处给予我温暖，我的今生就为了与她相见。

你不知道也好，也免得想起前世红尘里的记忆。你只需在今生里坦然地绽放自己。在那不见首尾的历史长河里，一石激起的千层浪也引不起瞩目的平常，它滔滔地流走，冲刷出各种迥异和人生变迁。如今回望处，也已经变了风景，我们姑且忘记历史，在现实的情况下，感受今生的酸甜苦辣。

只是面对复杂的现实，我最原始的梦境被打破时，随便无关痛痒地牢骚几句。你们口口声声使用着佛的权利，把一切的行为归为佛的用意，怎么没有看到我难舍的情缘也是佛的安排，他让我今生里学会了爱人，才得以具备修佛的资格。你们的阻隔是违背了命运的旨意的，我的心还是要追随我心爱的姑娘，我知道这和信仰是不冲突的完美。当人与人的相见成了一种宿命，任谁也无法改变的宿命时，我愿意接受这种宿命以及由它带来的各种后果，让我的前世相约不再变为遗憾。

仓央嘉措不是一个没有信仰的人，他在内心深处相信一切的美好，不被现实利用的纯粹的美好始终是他念念不忘的追寻。他用这样的方式告诉了拆散自己幸福的人，一切是命运使然，人们应该自然地接受。因为他相信命运也不会沉溺于观赏残忍。

无须太多的言辞，也不用太多的迟疑，我们由陌生走到熟悉，再到相吸，是缘分让我们一步步地靠近。无论世事怎样无常，我们坚持着的这份情缘已经嵌入生命里，删除不去。

其六十四

洁白的鹤啊请听我言，
我想借你的翅膀，用用就还。
我想去的地方并不遥远，
那美丽的理塘，去看看就回还。

这首情歌从遥远的山间传来，初次听到时捕捉到的是种痛彻心扉后的无力抗拒。若心也扎上翅膀，跟随乐曲飞翔，太深太深的眷恋在蓝天白云里回响。眼中的万物，安静而深沉，崇高的姿态让人感到了渺小，从深宫里起飞，飞过苍山，飞过一世的情缘，来到让人心疼的理塘。这里有位姑娘，她曾为我用百灵鸟般的歌喉，将美丽的理塘草原歌唱。只是这歌声穿越了时空，歌声里的故事感动了无数的后人，却永远飞不出诗人伤感的心。

我现在还记得那段美妙的时光，美丽的桑洁卓玛，我们

一起放牧，在那青草无边的草原上，洁白的羊群像天上柔软的云朵，累了就停下来用各自的形式为对方驱走疲劳，充满诗意的草原上从没有悲伤。像一对幸福的鸟儿，我们慢慢住进了彼此的心房，从此生命开始了新的旅程。

然而，命运的无常阻断了我们的幸福，就在那幸福的地方，我被不幸带走，徒留我心爱的姑娘，在身后奔跑、呼喊，视线被拉长，终于被风尘掩盖。一别之后，两地相思，怎堪忍受？我在深深禁宫里，面对幽幽酥油灯，沉沉的佛经书，却无法看到佛的尊容，桑洁卓玛的脸庞印在脑海里，抚慰我的忧伤。我知道，天涯相隔，她也难舍深情，在遥遥的山南将美丽收藏。

我曾以为，命运的残忍莫过于此，它把人类最在意的美好摧毁。让人没想到的是，那时看到命运的残忍不过是不值一提的小把戏。我到后来才发现，没有反反复复的折磨，直到你彻底地放弃抗拒，它绝不会善罢甘休。

就在那美丽纳木湖畔，夜色突然显得分外温柔，它又将意外的幸福赐给了我，我和我美丽的姑娘在很久很久的别离后再次相遇。那时，纳木湖东山顶上皎洁的月亮正清辉四泻，慷慨地洒向人间，重新携手的心情，全部都在月光里，安静而欣喜。然而，我和我的爱人不被允许公开交往，所以，我只有悄悄地去八廓街和她见面，我和幸福还有着距离。倘若一直这样，我也会知足，也会在心底真诚地感谢命运的恩赐。幸福总是来得太迟，却又去得太疾。我对命运的理解终被彻底否定，我的姑娘不知了去向。

面对着这不堪忍受的伤害，我的情绪一片凌乱，无从拾掇的心瓣散落一地。在以后的日子里，我不会再有任何希冀，生命被扼住了咽喉，来不及反抗，已经命归黄泉。

在情绪找不到出口时，我只有为我的心声，借一双洁白的翅膀，飞过高山、雪域，去我心上人的故乡安居，哪怕又将迎来命运不怀好意的玩弄，我也毫不迟疑，我知道在那里，我们会再次相遇。也许只有在有你的气息的地方，我才能感觉到自己的存在。

人们说这是六世达赖喇嘛生前写下的最后一首诗，诗歌里带着淡淡的忧伤，有着那种看透世事后的安静，安静里自然有一份执着，告诉人们他的心曾经是怎样地热烈过。每次听到这首诗，似乎就感到真的找到了翅膀，在空旷的高空飞翔，俯视着自己的经历，从过去到现在，一直延伸到未来。仓央嘉措终生念念不忘的地方，实则是他一直以来没有能够抵达的梦想。我们无法知道，这对有心人，最终会在哪里相遇，他们的灵魂是否在一切凡世的纠缠停歇后相伴在彼此的左右，那时他们是否会在人生的轮回里选择停留，只为那一生的那一次爱恋，放弃了前行路上的所有……

其六十五

阴曹地府的阎罗王，
在堂上高悬着“业①镜”。

---

①业：佛教用语，指人在世间的所作所为，有善业与恶业之分。

人世间说不清的情仇，
用镜子一照就恩怨立现。

人们总说是距离产生了美，让我们和万物间保留一份距离，这样才会欣赏到它们的美丽，而不去计较其中的瑕疵。其实，我对生活中的事并不是很苛求，并不是无法接受生活的不完美，我知道就像人各有所长各有所短一样，不完美也是一种完美。只是，随着年龄的增长，最初的认识和生活越来越大的偏差成了内心无法接受的负担。

小时候，我们会把人和很多事当作自己的榜样，认为他们是绝对的权威，只要和他们一致的都是正确无误，值得学习的，而一旦和他们有少许不同，就会被舍弃、被厌恶，就成了不可原谅的。那最初的认识是最深的记忆，就像黑色和白色那样分明。那时，我像是住在天地相连的一边，而远处就是天地相连的另一边，其中错落安置的景物被印在心里，它们随四季的变化也有相应的变化，但每一个轮回都是出奇地相似，辨不出太多的差异。在生活里也是如此，长者教给我们的也是最直接的东西，美与丑、善与恶都泾渭分明，那时我们的世界没有这么多右摇左摆。人与人之间最单纯的东西，在不被强调的时候呈现。

等到命运突然被改写时，我对周围的人和事开始感到了陌生，本是在同一片土地上成长起来的人，却有着太大的差别，真真假假让人难以分辨。人与人总是隔着一座山，山的两侧是不同的景致。孤独和忧郁纠缠着我，人间的光明越来越淡，在脚下消失。我最真实的追求被他们涂上污浊的颜色，给抛弃在闲言碎语的争斗之间，对于他们来说钩心斗角成了一种习惯，权力是他们唯一关注的东西。

真是让人费解，不是说在阴曹地府里阎王还有一个区分善恶的镜子吗？在最缺乏温暖的地方还有一把尺子来抚慰人们的心，而我们宣扬的美好人间却是非不分。所谓的尺度，成为某些人谋私的工具，善与恶的界限变得模糊不清，还不如那镜子说一不二。

仓央嘉措这样直接控诉现实的诗歌不是很多，让人能明显地感觉到，他以前贯之以情的书写是他真情的自然流露，也是他避开杂乱现实的一种方式。也许在能够避开时他都选择了避开，沉醉在情的诉说里，任风云变幻也和自己不相干。他原本想守着那份真情，留住些美好，只是上天太过刻薄，夺走了他最后坚持守护的东西。这时，生又如何，死又如何？

这首诗歌采用了对照的方式，让是与非、善与恶在不同的境遇里伸张，只是诗人坚持的美好让人失望了，他看到了在这样的人间里，纯真的美好已不复存在。从一个天堂般的村子里，被送到布达拉宫，这个过程给了他天地的悬殊。日子已无从倒流，也不允许他有新的开始，高高的宫墙禁闭了未来。当生命的意义被亵渎，他终于鸣出了自己的不平。

其六十六

十地法界的具誓护法金刚，
神通广大法力非凡。

请大展神通威仪显现，

把邪魔外道统统驱赶。

仓央嘉措的这首诗是赞佛之语。他眼中佛教的敌人在此诗中并未点明，但我们大可不必纠结于此，仓央嘉措作为六世达赖喇嘛，其佛法修为自是高深，他的诗中出现了“具誓护法金刚”，此金刚又称“具誓金刚”“善金刚居士”，藏名单坚。具誓金刚是藏传佛教格鲁派密院的主要护法，也是宁玛派“三根本”护法之一。藏传佛教对于“三根本”重视非常。所谓“三根本”即指上师、本尊、护法。具誓护法有三百六十个兄弟眷属，因此，后来念诵的护法祈祷文中有“三百六十化身无穷众”的偈赞。

具誓金刚单坚当年曾阻挠莲花生大师来西藏。据说具誓金刚单坚听说莲花生大师要前往拉萨会见图伯赞普，心中十分妒恨，根本不把大师放在眼里，想试探一下大师到底有多大的本领，于是便在莲花生大师途经西藏吾尤西仓宗格拉山时，率领他的三百六十眷属前往阻拦。莲花生大师是神通大师，具誓金刚根本无法阻拦，反被莲花生大师施展神通死死地定住，丝毫动弹不得。莲花生大师遂逼其献出命咒，将之收为佛教护法。

具誓金刚的法相众多，大多数时候他是骑狮或骑羊相出现。他的骑狮相为一面二臂，三目怒睁，面色紫红，面相恐怖，骑乘一只绿鬃白狮，身着蓝法衣，头戴白沿毡帽，右手挥舞金刚杵，左手托持滴血魔心送至嘴边；具誓护法另一个重要化相骑羊相则为骑乘一只山羊，通体漆黑，头戴一种称为“太虚”的特殊帽子，右手持铜冒火锤，左手托吹火皮囊，面貌较为温和。由于这一化相是铁匠装束，因此誓具护法也被西藏的铁匠视为他们的护法神。

收伏具誓金刚的莲花生大师是印度僧人，梵文名Padmasambhava，音译为巴特玛萨木巴瓦。他曾周游印度，广访密法大师，乃佛吉祥智的四个证得现法涅槃的弟子之一。莲花生大师曾与汉地佛法渊源深厚，其传授的教法有很浓厚的汉地禅宗色彩。据智慧海王所著《莲花生传》载，莲花生大师曾从吉祥师子学大圆满法以后，曾到中国的五台山学习天文历数，而他的上师佛吉祥智也曾立志朝礼五台。

莲花生大师曾应藏王赤松德赞邀请，前往西藏弘法，并适时地引入部分西藏原有信仰与传统加入印度佛教之中，为藏传佛教的建立和弘扬做了极大贡献。仓央嘉措最初所在的宁玛派，即由莲花生大师曾所创，宁玛派奉其为开山之祖。在西藏，莲花生常被尊称为大师，藏传佛教亦尊称他为洛本仁波且（轨范师宝）、古如仁，通称白麦迥乃，意即莲花生。

仓央嘉措在诗中提到了另一佛教名词“十地”，当指佛教圣人的十个得道等级而言。大地能生长万物，故佛典中常以“地”来形容能生长功德的菩萨行。“十地”即指十个菩萨行的重要阶位。

根据佛教各宗所据教义之差别，关于十地的意义往往有不同的解说。如华严十地指：

欢喜地：菩萨至此位舍离无始以来的异生性，初得圣性，具证人法二空理，能利益自他而生大喜。

离垢地：菩萨至此位圆具净戒，远离烦恼垢。

发光地：菩萨至此位成就胜定、大法、总持，发无边妙慧光。

焰慧地：菩萨至此位安住最胜菩提分法，烧烦恼薪，增智慧焰。

难胜地：菩萨至此位，能令行相互违之真俗二智互合相应。

现前地：菩萨至此位，住缘起智，进而引发染净无分别的最胜智现前。

远行地：菩萨至此位，修行进入无相行，远离世间及二乘的有相有功用。

不动地：菩萨至此位，无分别智相续任运，不被相、用、烦恼等所动。

善慧地：菩萨至此位，成就微妙四无碍辩，普遍十方，善说法门。

法云地：菩萨至此位，大法智云含众德水，如虚空覆隐无边二障，使无量功德充满法身。

这首诗表达了仓央嘉措对佛法的敬重，他风流并不代表他不敬佛。也许他只是在那场有些残酷的政教斗争中，对佛法产生了迷茫。也许曾被推向斗争前沿的仓央嘉措不知那样玄而又玄的佛法是否能度得苍生，于是他便想抓住一些实实在在的生活，所以他选择了俗世，而又有什么是比这俗世更实在的？

六世达赖喇嘛仓央嘉措年谱

1682年，五世达赖喇嘛阿旺罗桑嘉措圆寂，第巴桑结嘉措秘不发丧。

1683年，仓央嘉措生于山南门隅。

1685年，被确认为转世灵童，家庭受到秘密保护。

1688年，入寺学习，开始接受系统教育。

1690年，跟随经师正式学习佛法。

1696年，康熙获悉五世达赖喇嘛早已圆寂，责问桑结嘉措。

1697年，桑结嘉措被迫公布五世达赖喇嘛圆寂之事。藏历九月初七，仓央嘉措从五世班禅罗桑益西于浪卡子受格楚戒，藏历十月二十五日于布达拉宫坐床，成为第六世达赖喇嘛。

1702年，处于政治斗争的夹缝中，在日喀则扎什伦布寺要求退戒还俗。

1703年，拉藏汗继任蒙古和硕特部首领。康熙派使臣赴拉萨查验仓央嘉措法体。

1705年，第巴桑结嘉措被杀。拉藏汗会审仓央嘉措，众僧为其辩护。

1706年，被废黜。藏历五月二十七日，仓央嘉措动身起程被押解京师。途中圆寂。

以下事件据阿旺伦珠达吉著《仓央嘉措秘传》：

1707年，拉藏汗的私生子益西嘉措被立为六世达赖喇嘛。

1708年，理塘灵童格桑嘉措出世。仓央嘉措游康定，在峨眉山游十数日，康区瘟疫发作，染上天花。

1709年，经理塘、巴塘秘密回拉萨，返山南地区。

1711年，在达孜被囚，后逃脱。

1712年，游尼泊尔加德满都，瞻仰自在天男根。10月，随国王去印度朝圣。

1713年，游印度。4月，登灵鹫山，遇白象。

1714年，来到山南朗县的塔布寺，人称塔布大师。年初，格桑嘉措被转移到康北的德格，随后，据康熙帝之令送至西宁附近的塔尔寺。

1715年，再次秘密返回拉萨。格桑嘉措在理塘寺出家。阿旺伦珠达吉出世。

1716年，春，率拉萨木鹿寺十六僧人至阿拉善旗，识阿旺伦珠达吉一家。

1717年，拉藏汗被准噶尔军队所杀，伪六世达赖被囚药王山寺内，七年后死。春，六世达赖喇嘛同十二名从侍人员前往定远营（现巴彦浩特）晋见阿拉善王阿宝老爷和道格甚公主，获准修建昭化寺。中秋，仓央嘉措随道格甚公主入京半年，驻锡什刹海阿拉善王府，游黄寺，皇宫，在雍和宫观益西嘉措所献的檀香木大佛。在德胜门见第巴子女被押送到京。

1718年，回阿拉善。

1719年，清朝平定准噶尔，正式承认格桑嘉措为七世达赖喇嘛。

1720年9月15日，理塘灵童格桑嘉措坐床为达赖喇嘛，拉萨十余万人膜拜。

1730年，于兰州为岳钟琪征准噶尔大军祝祷，作法七日。

1733年，夏季，破土动工修昭化寺。

1735年，自筹一万两纹银，派阿旺伦珠达吉去藏区随班禅学经。

1736年，自阿拉善迁青海湖摁尖勒，居九年。

1738年，秋，阿旺伦珠达吉精通经文所有论理，返回阿拉善。

1739年，昭化寺举行规模宏大的祝愿法会，迎请仓央嘉措就座于八狮法座，主持法事五昼夜。

1743年，（扎噶地方）塔布寺建成，历时十六年。

1745年，自青海湖摁尖勒回阿拉善，10月底，染病。

1746年5月8日，在阿拉善旗承庆寺坐化，年六十四岁。

1747年，仓央嘉措肉身被移到昭化寺高尔拉木湖水边立塔供奉。

1751年，清朝下令由格桑嘉措掌管西藏地方政权。政教合一政权开始。

1756年，开始建造广宗寺（南寺），并将昭化寺全盘搬至现广宗寺寺址。

1757年，仓央嘉措弟子阿旺伦珠达吉写成《仓央嘉措秘传》，七世达赖圆寂。贺兰山中广宗寺（南寺）建成，阿旺伦珠达吉被尊为上师。寺里供六世达赖肉身塔，至1966年尚存。